내일도 사랑을 할 딸에게

딸의 사랑을 응원하는
엄마의 30년 사회생활 다이어리

# 내일도
# 사랑을 할
# 딸에게

유인경 지음

위즈덤경향

# 차례

더 이상 사랑 때문에
마음 아프지 않길 바라는 딸에게

딸아. 비디오 아티스트 백남준 선생이 타계하기 전, 부자유한 몸을
휠체어에 맡긴 채 마지막 인터뷰에 응하면서 지금 가장 하고 싶은 것
이 무엇이냐는 기자의 질문에 뭐라고 답했는 줄 아니? 조금도 주저 없
이 '연애!'라고 대답했단다. "해도 자꾸 더 하고 싶은 것이 연애야"라면
서. 평생 끊임없이 연애를 통해 예술혼을 자극받은 그다운 대답이긴 하
다. 어디 예술가들뿐이겠니. 서로 그리워하고 사랑해서 세포 마디마디
가 환희에 떨리고, 설렘으로 가득한 연애를 마다할 사람은 드물 게다.

　하지만 가장 잔인한 것 역시 남녀의 연애관계인 것 같다. 절대 공평
하지도 않고, 공식이나 정답도 정해져 있지 않고, 항상 목마르고 안타

깎지. 그리고 무엇보다 작은 말 한마디, 사소한 행동 하나에 너무 상처를 받고 존재가치가 무너지는 듯한 고통을 느끼게도 한다. 결혼 역시 해본 사람들은 대부분 사랑의 해피엔딩이 아니라 사랑의 무덤이라고 하지 않니.

나는 지난 일들에 후회를 잘 하지 않는 성격이긴 하지만 박사 학위를 못 따거나 강남에 땅 투자를 못 하거나 젊어서부터 날씬한 몸매를 유지하지 못한 것에 대한 후회와 회한보다는, 그토록 축복스럽고 때론 잔인한 연애를 많이 못 해본 것이 너무너무 후회된다. 만약 더 많은 남자들과 연애나 이성관계를 경험했다면 수만 권의 책을 읽어 얻은 지식보다 훨씬 깊고 실용적인(?) 지혜를 얻었을 것 같다. 마치 와인 소믈리에가 타고난 감각과 미각보다는 다채로운 와인을 맛본 경험을 통해 각각 와인의 특성과 매력을 파악하듯이 말이다.

물론 엄마가 처녀시절에는 남자와 자연스럽게 만나는 것도, 연애를 하는 것도 쉽지 않은 일이었다… 라고 변명하고 싶지만 당시에도 연애를 잘하던 친구들은 많았다. 곰곰 생각해보니 내가 연애를 잘 못하거나 좋은 남자들을 만나지 못했던 것은 결국 내가 그다지 '좋은' 여자가 아니었음을 이제 알겠다. 난 남자들의 좋은 점을 찾으러 노력하거나, 부족한 점을 채워주려고 노력하기보다는 무조건 괜찮은 남자, 그럴듯한 남자를 만나려고만 잔머리를 굴렸던 것 같다. 모험과 도전보다는 최대한 안정된 사람을 만나 안전한 사랑을 하려 했지만 그건 얼토당토 않은 나만의 착각이었다. 참 이기적이고 어리석기 짝이 없었다. 그래서 난 20대를 되돌아봐도 아련한 사랑의 추억보다 책, 일 등의 삭막한 기억만 남아 있는 것 같다.

내가 20대 시절이던 20세기에는 연애경험이 별로 없는 게 조신함이나 여성스러움, 양갓집 규수 같은 이미지를 줄 수 있는 메리트(?)가 있었다. 하지만 왜, 21세기에도 사랑을 두려워하거나 사랑이 아닌 불장난만 하는 이들이 많은 걸까. 남자친구를 사귀지 않거나 연애를 잘 못하는 것이 비정상으로 여겨지는 시대인데도 여전히 남자를 만나고 사랑을 하는 것은 쉽지 않아 보인다. 젊은 여성들도 그렇고 그들의 어머니도 그렇다.

"도대체 내 딸은 어쩜 그렇게 남자 보는 눈이 없는지 몰라. 사귀는 남자들마다 하나같이 한심한 남자들이야."

"차라리 다양한 남자들을 만나서 남자 보는 눈이라도 생기면 좋겠어. 내 딸은 도무지 남자를 진지하게 만나지 않아. 우리 동네에서 어떤 젊은 남자랑 이야기를 하기에 남자친구냐고 물어보니까 친구인데 남자래. 남자사람친구라나 뭐라나. 서른이 코앞인데 대체 언제 연애하고 언제 결혼하려는지…."

내 또래의 여성들, 결혼 적령기의 딸을 둔 어머니들을 만나면 이런 고민을 털어놓는다. 대부분 어머니들의 꿈은 아무리 내 딸이 알파걸에 수퍼우먼이라고 해도 좋은 남자를 만나서 화목한 가정도 꾸리고 아내와 어머니로서의 행복도 만끽하는 것이기 때문이다.

딸들의 고민도 만만치 않다. 직장 내에서나 강연에서나 나에게 상담을 청해오는 20~30대의 미혼여성들은 단순한 연애가 아닌 자신들의 장래가 걸린 결혼 문제 등으로 한숨을 쉰다.

"저를 좋다는 남자는 모두 찌질한 것 같고, 제가 좋아하는 남자는 제게 관심이 없어요. 이러다 일만 하다 건어물처럼 바짝 말라서 독거노인으로 늙어갈까 봐 걱정이에요."

"왜 다른 여자들은 그렇게 쉽게 남자를 만나고 금방 사랑에 빠지고, 또 여왕 대접을 받을까요. 저는 사랑에 발동이 늦게 걸리고 사랑을 느낄 무렵엔 그 사람이 지쳐 떠나가 버려요."

"전 이상하게 나쁜 남자에게만 끌려요. 착하고 좋은 남자는 자주 만나면 지루하고 재미없고 짜증이 나요. 제게 퉁명스럽게 굴고 수시로 저를 울리는데도 나쁜 남자에게 더 매력을 느끼고 사랑의 에너지가 흘러 나와요. 이건 병일까요."

"처음 사랑한 남자에게 너무 상처를 받았어요. 또 어머니는 '절대 네 아빠 같은 남자 만나지 말라'고 하고 아버지는 '남자는 다 도둑놈, 늑대다'라고 해요. 제 친오빠만 봐도 바람기에 허세가 장난 아니죠. 남자라면 다 의심스러워요. 과연 진짜 사랑을 할 수 있을까요."

딸아. 나는 어머니들과 딸들의 이런 고민에 대답해줄 능력과 자격이 없다고 생각했다. 또 그 어떤 조언보다 사랑이나 연애에 대한 조언이 부질없다는 것도 알고 있고. 그런데 네가 용기를 주었지.

"엄마. 남녀관계나 연애도 결국 '사랑'보다 '사람'의 문제야. 엄마는 누구보다 다양한 사람들을 많이 만나봤고 20~30대 남녀들과 잘 소통해 그들이 힘든 지점을 잘 알잖아. 사람들을 사랑하는 마음, 사람들을 공부한 경험으로 글을 써봐."

네 말에 용기를 내서 이 책을 쓰기로 결심했다.

생각해보니 나는 결혼 적령기의 딸을 둔 엄마이기도 하지만 대한민국에서 가장 다양한 남자들을 만난 사람이더라. 네 명의 친오빠, 친척들, 대학 동창생들을 비롯해, 30여 년이 넘는 기자 생활, 방송과 강의 활동을 하며 장르별 남성들을 거의 다 만나본 것 같다. 젠틀함의 극치로 보였던 명사가 알고 보니 폭력남편이라거나, 지성의 표상인 사람이 술만 취하면 육두문자를 자유자재로 구사한다거나, 소심해 보이는 남자였는데 뜻밖에 책임감이 강하고, 겉으론 지극한 아내 사랑을 과시하는 남잔데 바람둥이이고, 무뚝뚝하기만 하던 남자가 애인에게 장기 기증까지 해준 사례 등등을 너무 많이 목격했다.

주변의 많은 남성들, 전문가들을 만나서 사랑을 하려는 딸에게 해줄 말을 물었더니, 그들은 한결 같이 이런 대답을 하더구나.

"완벽한 남자는 없지만 절대 안 되는 '놈'은 있다. 그런 남자를 알아보는 혜안이 중요하다."

물론 나도 우아하고 부드럽게 "사랑은 완벽한 상대를 찾는 것이 아니라 부족한 상대를 완벽하게 바꾸어 가는 것이며, 사랑은 모든 것을 극복하는 것" 등의 아름다운 말만 할 수도 있다. 그러나 56년의 삶을 살며 직간접적으로 '사랑'을 많이 체험한 나는 막연하고 무책임한 말,

달콤하고 희망적인 이야기만 할 수는 없다. 어머니나 인생의 선배라면 "화려해 보이지만 이건 독버섯이다"라고 독버섯을 분별하는 요령도 알려줘야 하고(멋진 모습으로 독을 감춘 독버섯보다 더 독한 인간들이 얼마나 많은가), 다녀와 보니 저 쪽에 지뢰가 숨겨져 있고(언제 터질지 모르는 분노조절장애자는 지뢰보다 무섭다), 과식이나 과욕보다 소식과 소박함이 건강에 좋고(지나친 집착, 시도 때도 없는 자기자랑, 끝없는 변명과 핑계는 일종의 성격장애다), 아무리 훌륭한 꽃밭도 물을 주지 않으면 황폐해지고(노력과 성의 없이 사랑은 자라지 않는다) 등등을 알려줄 의무가 있다고 생각한다.

사랑은 입맞춤의 달콤함만이 아니라 역겨운 입 냄새도 감수해야 하는 일이고, 연애도 둘이 우아한 레스토랑에서 식사하는 시간보다 혼자 남은 밤에 고추장을 비벼 먹으며 그 매운맛에 눈물 흘리는 시간이 더 많단다. 결혼은 침대만 공유하는 것이 아니라 부엌과 화장실을 같이 쓰는 일이고 꽃다발보다 더 자주 쓰레기봉투를 양손에 쥐어야 하는 현실이다. 데이트나 연애를 할 때 귀찮게 나타나 방해하는 친구들만큼 결혼생활에는 시댁과 친정식구들까지 비중 있는 조연으로 등장해 극의 분위기를 바꿔버린다.

결국 사랑의 기본은 상호 존중이고, 헌신과 인내가 필요하단다. 사랑에서 말하는 희생은 상대를 위한 희생이 아니라 둘 사이의 조화로운 관계를 만들어내기 위한 희생이다. 사랑은 유능하고 잘생기고 매너좋은 완벽남을 어떻게 하면 내 사람으로 만들까 테크닉을 고민하는 것이 아니다. 자신이 살고 싶은 세계, 자신이 원하는 미래의 삶의 무대에 그와 함께 있는 모습을 생각할 때마다 가슴이 뿌듯해지고 행복한 느낌이 들어야 한다.

한 인간으로 그 남자가 나쁜 남자는 아닐 수 있다. 그러나 정상적이고 상식적인 선에서 연애를 하고 결혼생활을 꾸릴 때, '남편'으로서의 그 남자의 행동과 말이 도가 넘치면 우리의 인생이 어그러진다. 그래서 사람을 파악할 때는 통찰력이 중요하다. 눈으로 보이는 것만이 아니라 입에서 나오는 말과 눈빛, 감성적인 면까지 잘 살펴봐야 한다. 통찰력은 경험과 직관이 모두 관여해서 나오는 것으로 진정한 속성을 이해하는 데 꼭 필요하다.

그런데 그런 남자를 보는 눈을 키우려면 무엇보다 네 자신을 잘 파악해야 한다. 네 자신의 장점과 약점, 너의 취향과 미래관, 어떤 상대를 만났을 때 너의 태도와 책임감 등은 어느 수준인지 먼저 스스로에게 질문을 던져봐야 한다. 그래야 상대를 파악하는 지혜도 생기는 것 같다.

미국의 오바마 대통령 부부는 그래서 매우 지혜로운 커플인 것 같다. 결혼생활 24년차인 미셸 오바마는 세계적 패션잡지 〈글래머〉에 남자를 고르는 자신만의 방법을 공개해 화제가 됐다. 그 인터뷰에 따르면 "남자를 외모만 보고 판단하지 마라. 남자가 가진 돈과 권력에 쉽게 흔들리지 마라. 남자를 볼 때 은행 통장과 직위보다 중요한 건 바로 그의 '인간성'이다. 남자가 자신의 어머니를 어떻게 대하는지 보라. 또한 남자가 낯선 아이들을 어떻게 대하는지도 관찰해보라"고 한다. 미셸 오바마는 파트너를 선택할 때 상대의 물질적인 면보단 '따뜻한 가슴'을 더욱 더 중요하게 고려했다고 하면서, 여성독자들에게 "당신을 완전하게 행복하게 해주지 않는 남자와는 결혼하지 말아야 한다"고 충고했다. 이에 질세라 오바마 대통령 역시 한 인터뷰에서 부인을 이렇게 평가했다. "나이가 들어갈수록 미셸은 내가 꽃다발을 안겨줄 때보다, 내가 하기 어려운 일을 할 때, 즉 시간을 쪼개 그녀를 위해 할애할 때 더 관심을 보입니다. 그래서 우리는 시간이 흘러도 더 사랑이 단단해지는 것 같습니다."

21세기를 사는 딸들은 이제 우리 세대와는 달리 좀 더 현명하기를 바란다. 남자의 지위나 돈 등에 무임승차하려다 하차당하지 말고, 자신은 별로 노력하지 않고 남자에게만 헌신과 노력을 요구하는 불공정 거래를 요구해서도 안 된다. 헤어진 후 다 상대 탓으로 돌리며 원망하거나 복수의 칼을 갈 시간에 자신을 발전시킬 방법을 연구해야 한다.

물론 안다. 사랑에 정답이 없듯 사랑에 빠진 이들에게는 그 어떤 귀하고 바른 조언도 아무 도움이 안 된다는 것을. 셰익스피어가 말했듯 사랑에 빠진 이들은 미치광이나 시인과 같이 온통 붕 뜬 다른 세상에 살게 되기도 한다. 그러나 예방주사를 맞으면 그 병에 걸리지 않거나 경미하게 앓고 지나가듯 사랑을 시작하기 전에 이런 예방주사 같은 글이 필요하다고 믿는다. 사랑도, 결혼도 주인공은 바로 자신이라는 것만은 알려주고 싶다. 사랑에도 주체성과 자존감이 제일 중요하다. 그걸 피부로 느끼려면 진짜 사랑을 해봐야 한다.

문정희 시인의 〈딸아, 연애를 해라〉란 글을 사랑을 하려는 딸들에게 들려주고 싶다.

호랑이 눈썹을 빼고도 남을 그 아름다운 나이에 무엇보다도 연애를 해라. 네가 밤늦도록 책을 읽거나 컴퓨터를 두드리거나 음악을 듣고 있는 모습을 보며 나는 몹시 흐뭇하면서도 한편 안타까움을 금치 못한단다.

그동안 너에게 수없이 독서의 중요성을 강조했다마는, 또한 음악이 주는 그 고양된 영혼의 힘을 사랑해야 한다고 말했다마는, 그러나 책보다 음악보다 컴퓨터보다 훨씬 더 소중하고 아름다운 것은 역시 사람이 사람을 심혈을 기울여 사랑하는 연애가 아니겠느냐.

네가 허덕이는 엄마를 돕겠다는 갸륵한 마음으로 기꺼이 설거지를 하거나 분리된 쓰레기봉지를 들고 나갈 때면 나는 속으로 울컥 화를 내곤 한단다.

딸아! 제발 그 따위 착한 딸을 집어치워라.

그리고 정숙한 학생도 집어치워라. 너는 네 여학교 교실에 붙어 있던 신사임당의 그 우아한 팔자를 행여라도 부러워하거나 이상형으로 삼고 있는 것은 아닐 테지. 혹은 장차 결혼을 생각하며 행여라도 어떤 조건을 염두에 두어 계산을 한다거나 뭔가를 두려워하며 주저하고 망설이는 것은 아닐 테지.

딸아! 너는 결코 그 누구도 아닌 너로서 살기를 바란다. 그런 의미에서 당당하게 필생의 연애에 빠지기 바란다.

연애를 한다고 해서 누구를 카페에서 만나고 함께 극장에 가고 가슴이 두근거리는 그런 종류를 뜻하는 것이 결코 아니라는 것을 알리라. 그런 것은 연애가 아니란다. 사람을 진실로 사귀는 것도 아니란다. 많은 경우의 결혼이 지루하고 불행한 것은 바로 그런 건성 연애를 사랑으로 착각했기 때문이다.

딸아! 진실로 자기의 일을 누구에게도 기대거나 응석 떨지 않는 그 어른의 전 존재로서 먼저 연애를 하기를 바란다.

연애란 사람의 생명 속에 숨어 있는 가장 아름답고 고귀한 푸른 불꽃이 튀어나오는 강렬한 에너지를 말한다. 그 에너지의 힘을 만나보지 못하고 체험해보지 못하고 어떻게 학문에 심취할 것이며 어떻게 자기의 길을 개척할 수 있을 것이냐. 그러나 세상에는 의외로 많은 사람들이 이렇듯 깊고 뜨겁고 순수한 숨결을 내뿜는 야성의 생명성을 제대로 맛보지 못하고 마는 경우가 허다하다.

(중략)


딸아. 이제 사랑의 문을 활짝 열어보자.

문을 열기 전에 이것만 먼저 알면 된다. 좋은 사람이 되어야 좋은 사랑을 할 수 있다는 것을. 그리고 넌 이미 충분히 좋은 사람이라는 것도.

# 1부

# 지금 사랑을 시작할
# 준비가 되어 있니?

## 사랑이 두려워지더라도
## 일단 해보렴

딸아. 우리 삶에서 가장 나쁜 것 중의 하나가 '두려움'과 '공포'가 아닐까. 확실한 불행이나 고통보다 더 우리를 괴롭히는 것 같다. 어떤 사람이나 상황이 나를 해칠지도 모른다는 두려움, 사고가 나거나 암에 걸릴지도 모른다는 공포 등은 우리 삶을 좀먹는다. 사랑도 그렇다. 시작하기 전에도 사랑하는 중간에도 심지어 작별 후에도 항상 두려움이 공존한다.

두려움은 실체가 아니다. 우리가 스스로 만들어 우리를 묶어두는 것이다. 그러니 '두려움' 때문에 사랑을 시작조차 못한다면 인생의 너무나 소중한 가치와 경험을 잃는 것이다. 단지 '생각' 때문에….

작가 알랭 드 보통은 "사랑을 받기 전에는 온전히 살아 있는 것이 아니다"라고 했다. 그렇다면 사랑을 하지 않는 것도 온전히 살아 있는 것이 아니고 사랑을 거부하는 것 역시 직무유기가 아닐까.

사랑은 우리가 숨 쉬는 것만큼 중요한 일이고 행복의 근원이기도 하단다. 때론 사랑이 숨 쉬는 것조차 힘들게 하고 불행의 수렁텅이에 몰아넣기도 하지만 말이다. 특히 이성에 대한 사랑은 늘 지금 이 순간뿐이다. 사랑을 잔뜩 모아 냉장고나 냉동실에 보관할 수도 없고 취향대로 백화점이나 인터넷쇼핑에서 고를 수도 없다. 늘 현재에 네 스스로 자유의지로 선택하는 것이 사랑이다. 그런데 많은 여성들이 그 사랑을 간절히 원하면서도 정작 사랑하기를 두려워한다.

"열등감이 좀 많아요. 얼굴도, 집안도, 학벌도, 직장도 내세울 게 별로 없어요. 그래서 누가 절 좋다고 하면 그게 이상해요. 어쩌면 그 사람이 내 실체를 알고 떠나버릴 것 같은 불안감이 있어요. 말로는 있는 그대로의 나를 사랑해줄 사람을 원한다고 하지만, 정작 있는 그대로의 내가 사랑스럽다고 하면 불안해요. 그래서 한 번도 진지한 관계로 발전한 남자가 없었어요. 스물여덟 살인 지금까지도요."

"우리 엄마는 대학교 2학년 때 우리 아버지가 결혼 안 해주면 죽겠다고 혈서까지 써서 대학을 중퇴하고 결혼했대요. 그땐 아버지가 박력 있게 보였지만 알고 보니 협박이더래요. 엄마 친구들은 전문직 여성도 많고 부잣집 사모님도 많아요. 엄마는 저보고 절대 결혼하지 말라고, 꼭 하고 싶으면 일이건 사랑이건 실컷 해본 다음에 하라고 해요. 사실 지금 박사 과정 1년차인데 공부가 너무 벅차고 다른 할 일이 너무 바빠서 남자랑 여유롭게 데이트할 시간도 없어요. 제 또래 남자들은 애송이 같고, 나이 많은 남자는 곰팡이 냄새나고, 어린 남자는 젖비린내 나고…. 주변에서 학사 여자는 박사 남자랑 결혼하지만 박사 여자는 학사 남자를 만나기도 어렵다는 말을 해서 걱정이 될 때도 있어요."

"사주팔자에 남자 복이 없는 게 아닌가 싶어요. 이상하게 살짝 맛이 간 남자들만 만났어요. 뒤끝이 다 안 좋았죠. 즐거운 추억보다 악몽 같은 기억이 더 많아요. '다시는 저런 남자 안 만난다'고 부들부들 떨면서 결심해도 신기하게 새로 남자를 만나서 사귀어보면 또 비슷한 유형의 남자인 거예요. 로또를 살 때마다 '꽝!'이 나오는 기분이에요. 이건 사랑이 아닌 거죠? 이상한 취향의 집착인거죠?"

현재 사랑을 하고 있지 않거나 사랑이 두렵다는 여성들의 육성 증언(?)이다. 인류 역사를 통틀어 가장 아름답다고 평가받는 것이 사랑이고 그 사랑의 위대함 덕분에 인류가 지속되고 있는데 왜 유독 여성들은 사랑을 막연히 두려워할까?


엄마도 사랑이 두려웠단다

엄마도 언제나 사랑이 두려웠단다. 마치 물이 무서워 안전한 수영장에서조차 못 뛰어드는 아이처럼 말이다. 남들은 바다에 풍덩 뛰어들어 물살을 가르는 느낌도 즐기고 위험하긴 해도 바닷속으로 더 깊이 들어가 해초들이며 형형색색 여러 빛깔 물고기들과 눈을 마주치는 경이로움도 체험하는데, 나는 물에 발을 담그는 것조차 두려울 때가 있었다.

21세기 알파걸이 아닌 20세기의 고지식한 여성답게 나는 연애할 남자와 결혼할 남자를 분리해서 생각하지 못했다. 그래서 무조건 남자를 만나면 연인이 아니라 남편감의 기준으로만 판단했다. 그런데 그 무렵 내 또래 젊은 남자들이 무슨 남편감의 자질을 갖추고 있었겠니. 20대 남자들은 마음속에는 치기 어린 소년, 욕망을 조절하지 못하는 괴상한 청춘이 복합되어 있는데 말이다. 요즘 말하는 스펙도 못 갖춘 대부분의 남자들이 너무 유치하고 장래성도 없어 보였다. (아, 그런데 그때 그토록 우습고 찌질하게 보였던 남자들이 지금 박사나 의사, 대기업 임원, 명문대 교수가 되었단다. 게다가 나보다 훨씬 양질(?)의 여성과 결혼해 잘 살고 있어 배가 아플 때가 있다.)

신랑감을 찾다보니 나 역시 남자들에게 '신붓감'으로 보이려고 노력했던 것 같다. 20세기에 걸맞게 다도도 배웠고 손수건에 이니셜을 십자수로 놓아주는 정도의 음전함과 조신함을 강조하려 했다. 정말 어이없는 착각이었지. 그러다 보니 혹시나 상대 남자에게 좋은 신붓감으로 느껴지지 않으면 어떻게 하나 하는 두려움이 있었다.

어느 정도 호감을 느껴 몇 번 만났는데 그 사람이 지나치게 가까이 다가오려 하면 덜컥 겁도 나고 막연한 거부감이 들었다. 손을 잡으려 해도, 추운 날 허리에 살짝 손을 두르려 해도(그때는 남자가 허리를 만져도 민망할 옆구리살도 없었는데) '나를 너무 가볍게 보는 것이 아닌가'란 생각에 은근히 화가 나기도 했다. 그러면서도 너무 거리를 두고 마냥 점잖기만 한 교회오빠 같은 남자를 만나면 '내가 그렇게 여성적인 매력이

없나' '눈꼽 만큼의 섹시함도 못 느끼나' '혹시 저 남자는 성적 욕망이 없는 체질인가' 등의 자괴감과 위구심을 가졌다. 경계선 정신병도 아닌데 3미터 밖에 있으면 가까이 다가오지 않아 두렵고, 1미터 안으로 들어오려 하면 내 생활이 침범 당하거나 내 치부가 드러나는 것 같아 두렵고… 이게 무슨 모순인지.

나 같은 타입은 누군가 억지로 물에 빠뜨리거나 발을 헛디디지 않으면 절대 수영을 못할 타입이다. 그래서 그렇게 혼자 선을 긋고 있다가 네 아버지가 선본 지 1주일 만에 술에 취해 한 '심심한데 결혼이나 하자'는 말에 어이없어 웃다가 물에 빠졌다. 아, 더 일찍 더 많이 더 자주 수영을 했어야 했는데 정말 물가에만 서성거린 것이 후회가 된다.

### 신데렐라 동화를 다시 들여다보면

이렇게 '남편감'으로만 남성을 찾는 여성들의 경우 대부분 '신데렐라 콤플렉스'를 보인다. 신데렐라 콤플렉스는 미국의 콜레트 다울링의 저서 《신데렐라 콤플렉스》에서 등장한 용어로, 계모에게 학대당하던 아가씨가 왕자와 결혼하게 되는 내용의 동화 〈신데렐라〉에 연유한다. 자기의 능력으로 자립할 자신이 없는 여성이, 마치 신데렐라처럼 자기의 인생을 일변시켜줄 왕자가 나타나기를 고대하는 여성의 의존심리를 뜻한다.

17세기 프랑스 작가 페로의 작품인 〈신데렐라〉는 21세기인 요즘도 도처에서 발견된다. 〈프리티 우먼〉 〈메이드 인 맨하탄〉과 같은 미국 영화나 〈파리의 연인〉 〈풀하우스〉 등 우리나라 드라마에는 신데렐라 이야기가 근간을 이룬다. 거리의 아가씨, 가난한 고학생, 이혼녀 등이 현대판 왕자 같은 재벌 2세나 유명 스타의 사랑, 그것도 진정한 사랑을 받아 팔자가 바뀌는 내용은 지겹도록 이어진다. 요즘 여성들은 신데렐라처럼 요정이 만들어준 드레스나 유리구두의 도움을 받지는 못해도 성형수술, 명품 핸드백, 섹시한 옷 등으로 무장하고 남자들의 눈길을 끌려고 한다. 연애 고수들도 책이나 강좌를 통해 "부유한 남성들이 모이는 헬스클럽에 등록해라" "대기업 엘리트 남성들이 모이는 와인바나 고급 포장마차에 자주 가라" 등의 접근 방법을 코치한다.

그런데 많은 여성들이 이 신데렐라 동화를 건성으로 읽은 것 같다.

신데렐라가 어떻게 요정, 심지어 쥐나 개 같은 온 마을 동물과 새 등의 도움을 받았을까. 평소 신데렐라는 넘치는 집안일과 계모와 언니의 무시 때문에 힘들었지만 항상 긍정적으로 밝게 살았다. 그리고 동물들에게도 먹이를 주는 등 상냥하게 대했고 은혜를 베풀었다. 즉 주변 응원군과 지지 세력을 평소에 만들어두었다는 것이다. 또 신데렐라는 왕자와 결혼하기 위해 왕궁에 간 것이 아니다. 지루하고 답답한 일상에서 벗어나 잠시라도 무도회에 참석해 기분전환을 하고 싶어 간 것이다. 열심히 춤을 추었을 뿐, 의도적으로 왕자에게 추파를 던지지 않았다. 그리고 궁정에서 유리구두의 주인공을 찾아왔을 때 당당하게 자신이 보관하고 있던 남은 구두를 꺼내 보였다. 평소 가지고 있던 성실함과 낙천성, 배려, 자신감이 신데렐라의 핵심이다.

그런데 평소에 주변에 친절을 베풀고, 항상 긍정적으로 생각하고, 자신의 마음을 감추지 않는 신데렐라의 덕목과 용기는 잘 파악하지 않고 무조건 무도회에 나타나 유리구두로 왕자의 마음을 사로잡은 여자로만 여긴다.

왕족이 사라진 요즘도 신데렐라가 존재한다. 자본주의 사회에선 재벌 부자와 결혼하면 그렇게 부르더구나. 내가 아는 한 여성은 그 놀라운 미모 덕분에 부유한 집안의 남자와 결혼했다. 외모만큼이나 심성도 참 고운 아가씨였지만 가정 형편이 어려웠던 그녀는 바람둥이에 성격이 괴팍하다고 소문났는데도 그 남자의 청혼을 받아들였다. 대학 시절 학자금 융자를 받고도 생활비에 보태려고 각종 아르바이트를 하던 그녀는 20대에 '사장 사모님'이 되었다. 그런데 현실은 동화처럼 '그리고 그들은 영원히 사랑하며 살았습니다'가 아니었다.

"시댁이 돈은 많았지만 교양이 풍부하거나 너그러운 분들이 아니었어요. 제 아이에게 장난감이나 옷을 사주시면서도 '이거 네 친정 조카들한테 보내면 안 된다. 나중에 확인하게 다 사진 찍어둬라'라고 했어요. 그리고 사사건건 '너네집이 너무 가난해서 이런 것은 못 먹어봤지?'라는 등 모멸감을 주는 말씀을 자주 했어요. 몸이 아파 아이랑 친정에 쉬러 가려는 날, 화장실에 다녀왔더니 그사이에 시어머니가 제 짐가방을 뒤지고 있더군요. 너무 놀라 뭐하시냐니까 '친정에 뭐 가져가나 궁금했다'고 하세요. 시집 돈이나 물건을 몰래 훔쳐가는 도둑 취급을 받는 것이 너무 억울했지만 따질 수도 없었어요. 결혼하면서 남편이 제 등록금 융자금도 다 갚아주고 친정에 작은 집도 사줬거든요. 그래도 매일 술 마시고, 여자들과 골프 여행도 떠나는 남편, 무례한 시댁을 언제까지 참아야할지 모르겠어요. 너무 힘들 땐 저를 좋아해주던 대학 선배 생각도 나요. 그 선배랑 트럭행상이라도 하며 재미있게 살 걸 그랬다는 후회도 됩니다."

딸아. 혹시라도 네가 못 가본 세상을 구경하고 싶어서, 주변사람들의 부러움을 사고 싶어서 '왕자'만 찾느라 진심으로 너를 사랑하는 평범한 남자를 못 본 척하진 않았는지 생각해보렴. 네잎 클로버만 찾느라 하루종일 들에 나가 있어도 결국 못 찾아 허탈해하는 것은 아닐까. 세잎 클로버 중에서도 싱싱하고 반듯한 것들이 얼마나 많은데….

가톨릭성직자이자 결혼상담전문가인 팻 코너 신부는 신데렐라 콤플렉스가 있는 여성들에게 "수퍼맨을 만나려 들지 말고 '클라크 켄트'를 잡아라"는 조언을 했다. 하늘을 붕붕 날아다니며 모든 사건을 해결하는 수퍼맨보다 수퍼맨의 잠재력을 갖췄지만 항상 겸손하고 착실한 변신 전의 클라크 켄트를 만나는 것이 현명한 생각이란 말이다. 이제 하늘만 올려다보지 말고 네 옆의 사람을 보면 좋겠다. 지금은 어린 나무이지만 언제 쑥쑥 자라 큰 나무가 될지도 모르지 않니.


### 사랑은 뛰어드는 것이지 빠지는 게 아니다

가만히 살펴보면 사랑에 대한 두려움은 '사람'에 대한 두려움이 아니다. 우리가 막연히 상상한 그 사람과의 '관계'에 대한 두려움이다. 관계란 어떤 누구와도 앞으로 어떻게 될지 모르는 것 아니겠니. 그런데도 그걸 마치 그 상대가 두려움의 원천인 것처럼 착각한다.

나는 '짝사랑' 전문가(?)다. 초등학교 3학년 때 같은 반 남학생을 비롯, 대학교 때 선배부터 알베르 카뮈 등 본 적도 없는 작가나 배우 등등, 혼자 가슴 설레어 하고 끙끙거리고 황홀해하고 또는 혼자 지옥을 경험하곤 했다. 짝사랑의 덕목인 '안전성' 덕분에 실존 인물도 모르게 완전범죄로 끝났지만 그만큼 허망함과 허탈함도 크다.

호감을 갖고 있는 상대에게 눈 맞춤조차 제대로 하지 못했던 이유는 '그 사람이 내 마음을 안 받아들이면 어떻게 하나' '내가 생각했던 그런 남자가 아니면 어떻게 하나' '만약 그가 내 마음을 받아준다고 해도 그와의 관계가 슬프게 끝나면 어떻게 하나' 등등 혼자 불안해하고 비참해하다가 '사랑한다거나 호감 있다는 말을 하지 않으면 내가 거절당하는 슬픔과 모욕감도 없을 것'이라며 침묵을 지켰다. 더욱 한심한 것은, 한 남자가 내 짝사랑을 눈치채서인지 혹은 진짜 내게 호감을 느껴서인지 내게 '그동안 눈여겨봤다. 진지하게 만나보자'란 제안을 했을 때, 정작 그토록 기다리던 그의 말을 듣고도 난 돌아서버렸다. 내 마음속에서 그는 너무나 완벽하고 멋진 왕자로 만들어져 있는데 실체를 알고 나면 개구리로 변할지도 모른다는 두려움과 불안감에서였다. 도저히 그가 내 앞에서 트림을 한다거나, 코털이 삐죽 나온 모습을 보이면 너무 실망스럽다 못해 슬플 것 같았다.

남들에게는 설명하기 어려운 이 혼자만의 두려움 때문에 그토록 수

많은 사람들을 인터뷰했는데도 정작 37년째 존경하고 그리워하는 한 학자와는 인터뷰를 하지 못했다. 내 스무 살 시절의 풋풋한 기억 속에 저장된 그의 이미지와 이젠 완전히 영감님이 된 데다 주변 사람들이 이기적이라고 하는 그분의 실체를 마주하기 싫어서였다.

물론 아직까지도 고백은 남자가 먼저 할 수 있게 해야 한다거나, 혹은 여성이 너무 적극적으로 다가오면 남자는 마음의 문이 닫히거나 호감이 식는다고도 한다. 그러나 권력도, 사랑도 용감한 자들이 쟁취하는 것이란다. 요즘은 김치사업가로 더 알려진 모델 홍진경 씨도 마음에 드는 남자를 너무 쫓아다녀서 그 남자에게 구박을 받았는데, 의도적으로 거리를 두니까 '왜 연락이 없지? 왜 안 찾아오지?'라고 궁금해하더란다. 결국 그 남자와 결혼해 사업도 번창하고 예쁜 딸까지 낳고 잘 산다.

또 어떤 남자에게 거절을 당했다고 해서 또 다른 남자에게 거절을 당하는 것도 아니다. 거절을 당해서 부끄럽거나 속상하거나 하늘이 내려앉듯 슬프기도 하겠지만 그건 잠시란다. 넌 네 마음을 알리거나 사랑을 고백할 권리가 있고, 그 사람 역시 네 사랑을 안 받아들일 권리가 있다. 네가 완벽하고 아름다운 여성이 아니어서가 아니다. 그에게도 그만의 사정이나 취향이 있음을 인정해야 한다.

사랑은 머리로만 하는 게 아니고 가슴 속에만 품는 게 아니다.《사랑의 기술》의 작가 에리히 프롬은 사랑은 능동적인 활동으로, 본래 주는 것이지 받는 것이 아니라고 주장했다.

사랑은 의지를 가지고 뛰어드는 것이지 빠지는 것이 아니다. 사랑을 주는 것은 희생하는 것이나 빼앗기는 것이 아니라 나의 힘, 나의 능력을 표현하는 것이다. 에리히 프롬의 시각으로 분석한다면 상대방에 대한 호감을 표현했는데 그가 거절하는 것은 사랑의 실패가 아니고, 네 사랑을 표현한 것에 성공한 것이란다.

### 어떤 것이든 경험에는 후회가 없다

사랑에 대한 또 다른 두려움은 '사랑의 끝'을 모르기에 불안하다는 것이다. 지금 뜨거운 사랑도 언젠가 식을 것이란 것, 지금 서로의 눈에 상대가 싱싱한 장미로 보이겠지만 곧 시든 장미로 보일 것이란 것, 혹은 현재는 너무 즐겁고 행복하지만 직장이나 직업 등 장래가 불확실하고 암담해 보인다는 것 때문에 지금 이 순간의 찬란한 빛을 즐기지 못하고 머릿속으로 먹구름을 만들어낸다.

언젠가 한 직장여성이 "인턴으로 들어온 다섯 살 연하의 남자 후배가 싹싹하고 귀여워서 잘 해주었더니 사랑을 고백했어요. 그런데 나이 차이가 많이 나는 게 괜찮을까 싶고, 어쩌면 사내 스캔들이 될 수도 있어 머리가 터질 것 같아요"라고 하더구나. 난 그 여성에게 이렇게 말해줬다.

"그 인턴의 마음이 아니라 당신의 마음은 어떤 건가. 당신의 표정을 보니 절대 불쾌하거나 황당한 것이 아니라 설레고 은근히 자랑스러워하는 면이 보인다. 당신 마음의 소리를 먼저 들어라. 그 남자가 고백했다고 당신 마음에 안 드는데 억지로 받아들일 이유는 없다. 그 인턴이 마음에 든다면 데이트라도 즐겨라. 불장난을 하라거나, 어린 남자를 농락하라는 뜻이 아니다. '나를 발견한 네 안목에 칭찬을 보내고 싶다. 같이 즐거운 시간을 만들자. 서로 배워보자'는 마음이 중요하다. 내 생각에 그 남자 인턴은 당신의 인생에 찾아온 꽃다발일지도 모른다. 모든 꽃다발은 언젠가 시든다. 그러니 꽃이 한창 향기롭고 예쁜 빛깔일 때 당신 손에 쥐어진 꽃다발을 마음껏 음미해라. 어쩜 그 꽃다발이 조화일 수도 있고, 싸구려일수도 있지만 다음에 또 더 크고 아름다운 꽃다발이 오리란 것을 믿어라."

나중에 들기로 그 인턴은 인턴 기간이 끝나고 난 후에 만남이 시들해지다가 관계가 끝났단다. 그 여성이 그 남자에게 '어디 어린 것이 선배에게 무례하게 이런 고백을 하느냐'고 야단을 쳐서 단호한 벽을 쌓아야 했을까. 아니면 지금까지도 인턴과 아르바이트를 전전하며 취직 준비를 하는 어린 남자의 보호자 역할을 하는 것이 아름다운 일이었을까. 그 여성은 잠깐이긴 했지만 어린 남자와 만나 클럽에도 가고, 발랄한 옷차림을 해보는 등 신선한 경험을 해본 것에 후회가 없다고 했다.

"대부분의 데이트 비용을 제가 내고, 직장생활 노하우도 알려주는 등 제가 더 많이 퍼부은 관계였어요. 그동안 화도 많이 냈지만 정말 엄청나게 웃었어요. 그만 만나자고 한 것도 저였는데 그 친구도 순순히 동의했죠. 그런데 그 어린 친구 덕분에 그동안 제 잠재의식에 있던 사랑의 두려움이 많이 사라졌어요. 어린 남자에게 매력적으로 보였다는 자부심도 생기고 과거에 만났던 남자들에 비해 덜 집착하게 되더군요. 회사에서도 제가 어리고 잘생긴 남자 인턴을 유난히 예뻐하는 정도로 알려졌지, 걱정한 것처럼 소문도 나지 않았어요."

딸아. 이 여성처럼 사랑에 대한 막연한 두려움을 극복하는 것은 정신력이 아니라 행동이다.

'사랑의 대명사'로 불리는 조르주 상드는 평생 수천여 명의 사람과 교류했고 19세기에 프랑스를 비롯, 전 유럽의 지성인·예술인과 사랑을 나눴다.

음악가 쇼팽의 연인으로 유명하지만 그외에도 작가, 화가, 철학자들 중에 그녀의 연인이 많았다. 조르주 상드는 놀라울 만큼 사랑이 넘쳤고 동시에 자유인이었다. 새로운 사랑을 만나면 바다에 뛰어들 듯 몰입했지만 헤어질 땐 냉정한 태도를 유지했다. 그러나 매 순간 진심이었다. 사랑으로 시인, 피아니스트, 조각가 등 예술가들에게 풍부한 영감을 안겨준 그는 그 사랑을 바탕으로 자신의 소설도 완성했다.

그리고 상드는 연애할 때 늘 자신이 관계를 주도해갔다. 스물아홉에 술과 도박에 찌든 스물셋의 시인 뮈세와 연애를 시작했고 서른일곱엔 병약한 쇼팽을 만나 10여 년을 함께 보내며 그를 간병하고 가장 아름다운 음악을 작곡하는 데 기여했다. 너무 예민한 성격의 쇼팽에 지친 상드는 그의 곁을 떠나고 쇼팽은 눈을 감는 순간까지 상드를 보고 싶어했지만 상드는 열세 살 연하의 조각가 망소와 다시 사랑을 불태웠다.

덤불 속에 가시가 있어도/ 꽃을 찾는 손을 거둘 수는 없네/ 꽃을 꺾다가 가시에 찔리듯/ 사랑을 위해서라면/ 마음의 상처는 견뎌야 하는 것/ 상처받기 위해 사랑하지 않고/ 사랑하기 위해 상처받는 것이기에

(조르주 상드의 〈상처〉 중에서)


사랑에 뒤따르는 고통보다 사랑을 하는 순간의 기쁨과 행복이 더 커서 상드는 죽을 때까지 사랑했고 덕분에 우리는 소설이나 편지 등 그가 남긴 문학 작품들을 통해 다른 감동과 즐거움을 누리게 되었다.


### 사랑보다 네 자신을 믿으렴

꼭 연인과의 사랑에서 느끼는 두려움만이 문제는 아니다. 모든 대인 관계, 직업이나 직장생활, 심지어 우리 사회 등에 대한 두려움 때문에 우리가 스스로를 얼마나 많이 묶어두는지 모른다.

도날드 월시의 《신과 나눈 이야기》는 신앙심에 관련된 책이지만 '두려움'에 대한 내용도 많다. 그는 두려움이 자기 사랑이 없기 때문에 나오는 것이라며 두려움을 없애고자 한다면 상대적인 개념인 자기 사랑을 이해해야 한다고 강조한다. 어떤 대상에 끊임없이 집착하는 이유도 결국 두려워하기 때문이란다. 떠날까 봐, 그의 말이 거짓일까 봐 두렵기 때문에 자꾸 확인하고 고통을 받게 된다. 그러한 부정적인 마음이 자신에게 투사되면 자기학대와 같은 고통이 되고, 그것이 타인에게 투사되면 타인에 대한 집착이나 공격이 시작된다. 그는 두려움에 대해

이렇게 정의했다.

1. 두려움은 움츠러들고 닫아걸고 조이고 달아나고 숨고 독점하고 해치는
   에너지다.
2. 사랑은 펼치고 활짝 열고 풀어주고 머무르고 드러내고 나누고 치유하는
   에너지다.
3. 두려움은 우리 몸을 옷으로 감싸나, 사랑은 우리가 발가벗고 설 수 있게
   한다.
4. 두려움은 우리가 가진 모든 것을 틀어쥐고 집착하나, 사랑은 우리가 가
   진 모든 것을 나누게 한다.
5. 두려움은 갑갑함을 지니나, 사랑은 정을 지닌다.
6. 두려움은 움켜잡지만, 사랑은 보내준다.
7. 두려움은 사무치게 하지만, 사랑은 달래준다.
8. 두려움은 공격하지만, 사랑은 치유한다.


딸아. 두려움을 극복하려면 네가 두려워하고 있다는 사실, 두려움을
선택했음을 먼저 인정해야 한다. 그래야 두려움을 극복할 수 있다. 감
기에 걸렸다면 그걸 인정한 후 휴식을 취하거나 비타민을 먹거나 병원
에 가서 진료를 받은 후 처방약을 먹으면 되듯이 말이다.

인생은 힘들고 사랑은 두려운 게 사실이다. 그러나 그 힘든 인생에
서도 우리가 배울 것이 수두룩하고 사랑의 고통도 겪고 나면 내면의

성장을 얻게 되지 않니. 그러니 딸아. 실체가 없는 네 마음속의 두려움
이란 유령 때문에 네 인생을 삭막하게 만들지 마라. 그리고 한번 두려
움이란 장막을 걷고 나면 네게 더 넓고 환한 세상이 기다린단다.

　사랑보다 네 자신을 믿어라. 너를 믿는 것이 두려움을 사라지게 하
는 가장 큰 힘이란다. 그리고 그것이 너의 모든 상처를 치유하는 명약
이기도 하다.

# 너에 대한 사랑이
# 남의 사랑도 끌어온단다

어릴 때 네게 "엄마는 너를 세상에서, 아니 우주에서 제일 사랑해"라고 하면 넌 해맑은 미소를 지으며 "나도 그래. 엄마"라고 말했지. 그 말에 너무 뿌듯해져서 "정말?"이라고 물으면 넌 "응, 나도 세상에서 나를 제일 사랑해"라고 답하며 까르르 웃었단다.

딸아. 부디 네가 한 이 말을 잊지 말아라. 엄마는 진심으로 네가 네 자신을 가장 사랑하기를 바란다. 그게 네 인생의 목표가 되어야 하고 네가 너를 사랑하는 것이 그 어떤 효도보다도 값지고 그 어떤 연애보다도 훌륭한 일이라고 말해주고 싶다.

네가 다른 사람을 사랑하기 위해서 가장 먼저 할 일도 네 자신을 사랑하는 것이다. 자신을 온전히 사랑하지 않고는 다른 사람을 사랑하는 것은 무리다. 그 사람을 사랑하는 과정에서 끊임없이 회의가 들고 고통이 동반되는 것은 네 자신에 대한 사랑이 부족해서이다. 네가 스스로에 대한 사랑과 자존감으로 무장되어 있다면 그 사람이 네 마음 같지 않다고 해서 쉽게 상처받지 않을 게다. 그리고 그렇게 네 자신을 아끼는 너의 모습을 보며 그 사람도 너를 존중해주려 할 것이다. 혹은 비열하고 사악한 남자를 잠시 만났더라도. 혹은 부적절한 관계에 빠졌더라도 주위의 이목이 아니라 네 자신에 대한 사랑으로 훌훌 털고 극복할 수 있다.


원이 포개어지기보다 더 커지는 게 사랑이야

흔히 '사랑에 빠지면 그 상대의 원 안에 들어가서 새로운 세상을 만드는 것'이라고 착각한다. 그건 자신이 다루기 쉽고 순종적인 여성상을 원하는 남성들이 세뇌시킨 이야기다.

세계 3대 단편소설가로 꼽힌다는 안톤 체홉의 대표작 중 하나인 〈귀여운 여인〉이란 소설이 있다.

이 소설의 주인공 올렌까는 누군가를 언제나 사랑하고 사랑받지 못하고는 살 수 없는 여인이다. 올렌까는 처음에 마르고 체구가 작은 야외극단의 경영자인 꾸우긴과 결혼한다. 그 후 올렌까의 세계는 온통 남편의 일인 연극뿐이다. 연극이 곧 인간의 삶을 대변한다며 연극을 사랑하지만 남편이 급사하고 만다. 슬픔에 빠진 올렌까는 남편의 장례식에서 만난 뿌스토발로프라는 반듯한 성격의 목재상과 다시 결혼해 금방 행복해진다. 올렌까는 이제 연극은 안중에도 없고 그의 주요 관심사는 남편의 직업인 목재가 된다. 그런데 그 남편도 감기로 죽고 다시금 상심에 빠진 올렌까는 어느 수의관과 사랑에 빠지게 된다. 올렌까는 곧 가축이며 가축의 병이며 그런 것들로 머릿속을 채우게 된다. 올렌까는 정말 사랑 없이는 단 1년간도 살 수 없는 그런 여자이다. 남자를 통해 자신의 삶을 투영하고 남자를 통해 자신을 발견하기 때문이다.

대문호 톨스토이는 이 작품의 주인공 올렌까를 보고 시대가 원하는 여성상을 잘 표현했다고 극찬했다. 19세기엔 이상적인 여성상이었을 게다. 그러나 현대가 원하는 여성상은 자립심이 강하고 사회 전반에 자신의 목소리를 내는 여성 아니겠니. 잉크 흡수지처럼 남자의 모든 성향을 받아들이고 자립심도 없고 소극적인 올렌까는 이름을 빼고는 자신의 것이 없다. 과거엔 귀여운 여인이었을지 모르지만 요즘은 줏대 없는 의지박약의 여성, 피곤한 타입이다. 남자를 만나면 그의 삶 속으로 풍덩 빠져 사상, 취향 등이 바뀌는 여성보다는 주체성을 잃지 않는 여성이 되어야 한다.

언젠가 주디 덴치란 여배우(우리에겐 '007' 시리즈의 나이 많은 여성국장으로 알려진)의 인터뷰를 읽었다. 그 가운데 멋진 내용이 있더구나.

남편의 별자리는 게자리, 나는 사수자리입니다. 남편이 그랬지요. '우리는 서로 매달려 있는 거야. 서로 반대 방향으로 잡아당기면서. 당신은 빛을 향해, 나는 어둠을 향해.' 실제로 그래서 좋았지요. 좋은 관계의 확고하고 절대적인 열쇠는, 상대방의 존재를 당연한 것으로 여기지 않는 것입니다. 단지 결혼을 했다고 해서 남편이 나에게 돌아오리라고 생각해서는 절대 안됩니다. 항상 노력해야 합니다. 그것도 되도록 표 나지 않게.

서로 포개어진 원의 상태가 아니라 서로 반대 방향으로 잡아당기면서 각각의 존재를 인정하고 더 큰 힘을 각자 키우게 되는 것이 사랑의 힘이 아닐까. 그럼에도 불구하고 많은 여성은 마음에 드는 남자를 만나면 남자의 보편적인 취향이라 불리는 것들에 맞추려고 한다. 하얀 피부에 긴 생머리, 파스텔톤의 블라우스, 샤넬라인의 스커트, 단아한 펌프스 구두…. 보통의 남자들이 이런 스타일의 여성을 좋아한다고 착각하고 미백화장품이나 피부과 시술에 돈을 들이고, 한여름에도 납량특집 주인공처럼 긴 머리를 펄럭이고 옷과 액세서리까지 다 마케팅 상품처럼 꾸민다. 그리고 항상 모나리자처럼 애매한 미소를 짓는다. 그게 남자들로부터 사랑받는 스타일, 온순하고 조신한 스타일이란 '성급한 일반화의 오류' 탓이다.

사랑에 대한 성급한 일반화의 오류란
2006년의 한 연구에 의하면, '매력 있는 타인과 로맨틱한 하루를 상상해보라'고 하자 여자는 더 순응적으로 변한 반면 남자는 더 고집스러워졌고 비순응적으로 변했다고 한다. 당시 연구 결론은 남자들은 순응적인 여성을 선호하고 여성은 독립적이고 주장이 강한 남자를 좋아

하기 때문이라는 거였다. 호주 퀸즐랜드대학교의 심리학 교수인 매튜 혼시는 이런 전제에 의문을 가졌다. 이 연구는 정작 남자가 선호하는 여자에 대한 연구가 아니라 여자 입장에서 남자가 뭘 좋아할지를 물은 것이었기 때문이다. 그래서 혼시와 그의 연구팀은 이성애를 하는 남자와 여자들이 연애 대상을 어떻게 결정하는지를 다양한 실험을 통해 조사했다.

그 결과 〈성격과 사회 심리학 회보〉에 최근 발표된 연구에 의하면 다수의 여성이 비순응적인 남자를 그렇지 않은 남자보다 더 매력적으로 인지한 건 그대로였다. 그러나 놀라운 건 남자도 비순응적인 여자를 더 선호했다는 사실이다. 이들이 수행한 여러 가지 실험 중에 연구진이 여자와 남자 피실험자들에게 순응과 비순응 성향을 보이는 연애 대상에 대한 프로필을 읽게 한 실험이 있다. 예를 들어 '에이미는 가족과 친구와 함께하는 시간을 즐기며 그룹의 소속감을 중요시한다'와 '제스는 다른 사람과 차별화되는 것을 선호한다. 친구들과는 다른 의견을 제시하는 것을 즐기며 자신의 일은 스스로 결정한다'처럼 말이다. 대부분의 여성은 순응적인 에이미가 제스보다 더 남자에게 인기가 높으리라 추측했는데 틀린 생각이었다. 남자도 강한 의지의 여자를 좋아했다. 또 다른 실험에선 온라인으로 미술에 대해 대화를 하게 했는데 여기서도 남의 말을 따르기보다는 '다른 의견'을 표시하는 여성을 남자들은 더 선호했다.

혼시는 "남자들이 어떤 여자를 선호할 거라는 고정관념을 여자들이 먼저 버려야 한다. 순응적이고 고분고분한 여자를 남자가 좋아한다는 잘못된 관념이 너무 오랫동안 우리 사회를 지배했다. 연구에 의하면 데이트 과정에서 자유롭게 의사표현을 많이 하는 여자가 더 인기가 많다"고 강조했다.

딸아. 사랑하는 남자에게 무조건 자신을 맞추려 하기보다 있는 그대로의 너를 사랑해주는 남자를 만나는 게 낫다. 1만 명의 이상형이 되려고 자신의 생각과 취향을 감출 것이 아니라 네 생각에 공조하는 팬 한 명을 만나는 것이 훨씬 쉽고 좋은 결과를 가져온단다.

개인적인 취향지만 나는 역대 우리나라 드라마의 여주인공 가운데 가장 특별하고 사랑스러운 인물을 뽑으라면 단연 〈내 이름은 김삼순〉의 삼순이에게 왕관을 씌워주고 싶다.

벌써 10여 년 전인 2005에 방영된 드라마이긴 하지만 '자신을 사랑하지 않고는 그 누구도 사랑할 수 없다'는 사랑의 본질을 가장 확실하게 제일 유쾌하게 표현한 드라마라 지금도 장면 장면이 기억에 남는다. 이 드라마는 여성을 욕망이 거세된 존재로 보는 한국 문화의 여성에 대한 가장 견고한 편견을 깼다는 평가를 받았다. 여자도 화가 나면 욕을 하고, 성적 욕망을 갖고 섹스를 한다는 지극히 당연한 사실을 엄청난 비밀인 듯 숨겨온 기존 드라마 문법을 파괴했다는 것이다. 삼순은 마음에 드는 맞선남을 보면 "오늘 이 분위기로 미끄러지는 거야"라고 독백하고, 남주인공 진헌 때문에 가슴 두근거려 잠 못 이루는 밤엔 "난 너무 오래 굶은 거야. 그것뿐이야" 하고 읊조린다. 화가 나면 "야,

이 새끼야" "빽이 간다, 빽이 가"를 남발하기도 한다.

이 드라마가 뚱뚱하고 내세울 배경도 없고 심지어 성격도 더러운(?) 여자가 어리고 부자에 잘생긴 남자를 사로잡아 결혼에 이른다는 상투적인 신데렐라의 공식을 따르지 않아 더욱 고맙다. 삼순에게 왕자는 보내주었지만, 백마는 허락하지 않았다. 드라마 결말 부분을 보면 여전히 케이크 가게는 장사가 잘 안 되고, 진헌의 어머니는 결혼을 반대하고 있다. 그토록 사랑을 받았건만 살도 별로 빠지지 않았다. 희망이라고는 아직은 곁에 있는 남자와 자신이 사랑하는 일뿐이다. 드라마의 마지막은 김삼순의 이런 독백으로 끝난다.

가끔은 그런 생각도 한다. 우리도 헤어질 수 있겠구나. 연애라는 게 그런 거니까. 하지만 미리 두려워하지는 않겠다. 지금 내가 해야 할 일은 명백하다. 열심히 케이크를 굽고, 열심히 사랑하는 것. 오늘이 마지막인 것처럼, 한 번도 상처받지 않은 것처럼, 나 김삼순을 더 사랑하는 것이다.

## 상대보다 나 자신을 알게 되는 게 연애란다

사랑은 상대가 나에게 포근한 안식처를 제공하거나 멋진 옷을 입혀주는 것이 아니란다. 특히 연애는 자신을 온전히 발가벗기고 해부하는 과정이다. 나의 외모·성격·조건·감정 등이 엑스레이처럼 투명하게 드러난다. 나의 초라함, 지식이나 재정적 결핍, 스스로도 납득이 가지 않는 모순, 조절이 잘 안 되는 욕망, 갑자기 튀어나오는 질투, 심장병이 의심스러워지는 설렘, 극도의 분노, 천국을 본 것 같은 환희, 죽을 것 같은 아픔….

인간이 한평생 겪게 될 감정의 삼라만상을 우리는 대부분 연애를 통해 학습한다. 연애를 하면서 상대를 이해하고 파악하는 것보다 오히려 더 깊고 더 넓게 자신의 모든 감정과 상태를 파악하게 된다. 그래서 좌절하고 자기 혐오나 비탄에 빠지는 것이 아니라 그래서 더더욱 자기를 사랑하게 되는 과정이 바로 사랑이다.

"가늘고 긴 눈이 너무 콤플렉스였어요. 쌍꺼풀 수술을 받으라는 권유도 있었고 고민도 많이 했죠. 그런데 소개팅에서 만난 남자가 저를 보자마자 '눈이 너무 아름답네요'라고 하더라고요. 처음엔 비꼬는 줄 알았더니 '동양적인 눈매가 정말 매력적'이라고 몇 번을 강조했어요. 성형수술로 다들 비슷비슷하게 보이는데 개성도 있고 신비스러워 보인다면서요. 그날 처음으로 제 얼굴을 잘 뜯어보니 만화영화 〈뮬란〉에 나오는 여성 같기도 하고, 수퍼모델 장윤주랑 눈매가 비슷하기도 하더라고요. 전엔 열등감의 근원이자 단점으로 생각됐던 제 눈이 이제 장점이고 매력 포인트로 느껴져요. 그윽한 스모키 화장도 할 수 있고, 아이라이너를 그리는 방법에 따라 표정도 달라지더군요. 그 후 저를 다시 발견하게 되었어요. 눈만이 아니라 몸 부분 부분, 제 목소리 등에도 자신감이 생기고 사랑스럽더라고요. 그 남자와는 한두 번 만나고 이상이 달라 끝냈지만 고맙게 생각해요. 친구들이 제가 표정이 밝아졌다고 무슨 좋은 일이 있느냐고 합니다."

"남자친구랑 헤어지고 한참을 방황했어요. 못 마시는 술도 마시고, 늦은 밤에 친구들에게 전화를 걸어 하소연해 민폐도 끼치고…. 그런데 한 친구가 제게 '그 남자가 너 때문에 떠난 게 아니야. 자기가 떠나고 싶어 떠난 거야. 근데 왜 모든 게 네 문제라고 생각하니. 넌 그 자체로도 좋은 사람인데'라고 위로의 말을 해줬어요. 맞아요. 난 그 남자와 평생을 함께할 인연이 아니었을 뿐, 내가 모라자거나 나빠서가 아니었어요. 생각해보니 난 그동안 그 사람에게 잘 보이려고 아등바등하면서 정작 내가 가진 장점을 보여주진 못한 것 같아요. 그 남자는 나의 장점을 파악할 인내심이나 심미안이 부족했던 거구요. 그리고 덕분에 내 감정의 밑바닥까지 다 들어가 보고, 내 상황도 살펴보고 미래도 구상하면서 한 뼘 더 성장한 느낌이에요."

자신만의 매력을 발휘하는 여자가 섹시하다

이렇게 남자친구나 전 남친의 도움(?)으로 자신의 장점과 매력을 발견하는 이들도 있지만 각자가 '나를 사랑하는 시간'을 매일 10분씩이라도 가질 필요가 있다. 미국의 작가이자 감독인 미란다 줄라이와 작가 해럴 플레처가 쓴《나를 더 사랑하는 법》을 읽어보렴.

죽어가는 사람과 시간 보내기 같은 무거운 숙제들도 있지만 상대방의 몸에 있는 점들을 연결해서 별자리 그리기, 누군가의 머리 땋아주기 같은 사랑스러운 과제들도 잔뜩 있어, 풍성한 과제들을 직접 실습하다 보면 '나를 더 사랑하는 방법'이 아니라 '너를 더 사랑하는 방법'

을 배울 수 있다. 또 응원의 메시지 만들기, 가장 최근에 했던 다툼 써보기, 스냅사진 따라 찍기, 낯선 사람 두 명 손 잡게 한 후 사진 찍기 등 다양하단다. 이 프로젝트는 8년 동안 지속되었고, 총 70개의 과제에, 국적, 나이, 성별, 직업을 초월한 사람들이 5,000여 개의 답변을 보내왔다고 한다. 자신의 삶과 일상을 다시 한번 돌아보게 하는 이 과제는 그야말로 삶의 활기를 불어넣어주면서, 자기 자신을 더 사랑하는 법에 대해 알려주고 있다.

딸아. 노트를 펼쳐 네가 생각하는 너의 장점을 한번 적어보렴. '잘 웃긴다' '매사 긍정적이다' '요리를 잘한다'부터 '남의 눈치를 잘 안 본다' '둔감한 편이다' 등등 상관없다. 그리고 남들이 너에게 해준 칭찬, 장점이라고 말해준 것 등을 또 적어보렴. 다른 페이지에는 네가 가장 행복하고 뿌듯하고 기분 좋은 순간, 상황 등등을 구체적으로 적어봐라. 그걸 쭉 적어가다 보면 네 자신도 몰랐던 매력과 장점을 발견하게 될 게다.

엄마가 아는 방송작가는 연애 경력도 만만치 않은데 너무 착하고 유능한 남자와 결혼했다. 객관적 기준으로 미모도 뛰어나지 않고, 친정이 부자도 아니고, 비정규직이라 늘 위태로운 처지인데 항상 행복한 표정이다.

"전 남자를 만나면 그의 장점만 보려고 노력해요. 그리고 그 사람에게도 제 장점과 매력을 콕콕 집어서 강조하죠. '나 너무 섹시하지 않아?' '나 뜻밖에 너무 귀엽지' 등등. 제가 자신이 있으니까 그 남자들에게 매달리지 않고 집착하지 않게 되더라고요. 그리고 항상 최선의 모습을 보여주려고 노력하고요. 제가 아무리 탄탄한 길을 걸어도 갑자기 소나기가 쏟아질 때가 있고 돌부리를 밟을 때도 있죠. 하지만 제 자신을 사랑하고 위하는 마음이 있으면 소나기를 피해 실내로 잠깐 들어가 있거나 돌부리에 넘어져도 다시 일어나게 되죠."

남자들은 보통 섹시한 여성을 선호한다. 그러나 한 여성을 가장 섹시하게 보이게 하는 마력은 풍만한 가슴이나 몽롱한 눈빛, 콧소리 섞인 목소리가 아니다. 진정으로 여성을 섹시하게 하는 것은 무엇일까?

첫째는 자신감이다. 그건 탁월한 외모, 화려한 스펙에서 나오는 것이 아니다. 항상 고개를 들고 상대와 눈을 마주치며, 환하고 따뜻한 미소만 지어도 자신만만해 보인다. '대체 어떤 점이 이 여성을 이렇게 자신만만하게 보이게 할까' 하는 호기심을 자아내게 한다. 글래머 몸매의 소유자여도 '난 가슴이 너무 커서 남들이 자꾸 쳐다봐. 우리 할머니가 가슴 큰 여자는 무식해 보인다고 했는데'라는 생각을 갖고 움츠리고 있으면 섹시해 보이지 않는다. '저 사람은 곧 내 장점과 매력을 발견하고 내게 반할 거야'라는 자신감이 남자를 끌어들이는 가장 큰 무기다. 그러나 남에게 보여주기 위해 억지로 끌어올리는 자신감이 아니라 스스로를 믿는 자신감이어야 한다.

삶에 대한 열정도 진정한 섹시함이다. 많은 여성들이 자신의 일에 몰두할 때의 남성들이 섹시해 보인다고 한다. 쉽게는 한 손으로 자동차를 후진하는 팔 근육만 봐도 멋지다고 한다. 여성도 마찬가지다. 자기 일이나 취미 생활에 열정을 보이고 사랑하는 여성이 섹시하다. 지성미도 섹시함을 배가시킨다. 최근 문정희 시인과 공동 작업을 한 적이 있다. 칠순을 바라보는 나이, 손주들을 둔 할머니임에도 불구하고 문 시인은 너무나 섹시해 보였다.

그리스 신화에서 사마천의 사기까지 폭넓은 독서량, 세계 곳곳을 다니며 체험한 이야기들을 눈을 반짝이며 이야기할 때 그 어떤 젊은 여성보다도 섹시하고 관능적으로 보였다. 더구나 그분은 솔직하기까지 했다.

"내가 뚱뚱하잖아요. 그런데 뉴욕에서 거의 한 달치 용돈에 가까운 돈을 주고 구입한 커다란 벨트를 꼭 하고 싶었어요. 그래서 허리를 억지로 졸라매지 않고 자연스럽게 벨트를 늘어뜨려 하고 다녔는데 그게 남들에게는 멋져 보였나 봐요. 어떤 날씬한 선배가 '정희야, 난 언제 너처럼 뚱뚱해보니'라고 진심으로 부러워하더라고요."

내가 아는 대한민국 여성 가운데 문 시인이 자신을 가장 사랑하고 존중하는 분 같다.

나 역시 30여 년이 넘는 직장생활이나 사람들과의 관계에서 잘 버텨온 비결도 나를 사랑해서였다. 나 자신에 대한 사랑과 담대함이 있으면 그 어떤 시련이나 비난, 심지어 거절을 겪어도 별로 상처를 입지 않는다고 확신한다.

난 맞선을 70여 번 가까이 봤는데 어디 나만 매번 퇴짜를 놓았겠니. 상대들로부터도 '키가 작다' '기자란 직업이 마음에 안 든다' 등등의 이유로 거절당하거나 만남 이후 연락이 오지 않기도 했단다. 가벼운 맞선 상대라도 거절당하는 것은 참 모욕적이다. 그런데 나는 '내가 정말 키가 너무 작은가' '내가 너무 성격이 강한가' 등의 자괴감이나 회의에 빠지기보다는 '그 사람과는 인연이 아닌가보다' '초라한 버스가 지나고 나면 고급 택시가 오겠지' 등의 생각으로 상처를 받지 않았다. 당연히 상대에 대한 원망도 분노도 없었다.

직장생활에서도 그랬다. 오해와 곡해, 억울함과 부당함 등을 다 경험했고 진짜 내 잘못으로 쥐구멍으로라도 숨고 싶을 만큼 부끄러운 적도 많았는데 난 자책감에 나를 괴롭히기보다는 '아, 실수할 수도 있지 뭐. 내가 완벽한 신도 아니고… 내일 잘하면 되지 뭐'라고 내가 나 자신을 위로하고 변호해줬다. 덕분에 큰 성공을 거두진 못했지만 적어도 스스로를 들들 볶으며 우울증이나 편두통 등을 앓지는 않았다. 무엇보다 몸과 마음이 건강한 게 최고 아니겠니.

## 사랑에서 상처받지 않는 힘이 생기려면

딸아. 너를 수시로 하염없이 사랑해라. 물론 이기적이거나 과대망상이 되라는 것이 아니다.

네가 진심으로 네 자신의 능력과 가능성과 힘을 알고 있을 때 끝없이 에너지가 샘솟게 되고 어지간한 충격이나 상처도 금방 치유할 수 있는 내적 치유의 힘이 나온단다. 너 자신을 사랑하면 네가 나쁜 상황에 빠져도, 악몽 같은 일을 겪어도 다시 일어설 수 있다. 소중한 네 자신에 비하면 그런 일들은 그저 어떤 한 부분이기 때문이다. 네 사랑으로 중무장을 하는 것이 필요한 이유다. 하지만 네가 널 사랑하지 않고, 함부로 대하고, 아무렇게나 방치하면 작은 바이러스에 생명을 잃는 것처럼 사소한 일에도 무너지게 된다. 우울증이나 자살에 이르는 이들도 그 상황 때문이 아니라 자신에 대한 사랑이 부족해서라고 생각한다.

전 우주에서 유일한 존재인 딸아. 너를 사랑하는 그 힘이 남의 사랑도 끌어오는 거란다. 오스카 와일드는 "자신을 사랑하는 것은 평생에 걸친 연애의 시작이다"라고 했다.

남자와 사랑을 하기 전에 우선 너와의 연애부터 시작해보렴. 애인의 세포 마디마디를 궁금해하고 사랑하듯 네 자신을 잘 살펴보고 으스러지게 안아줘라.

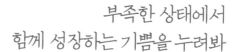

# 부족한 상태에서
# 함께 성장하는 기쁨을 누려봐

요즘은 돈도 시간도 없어 결혼은커녕 사랑도 포기한 3포, 아니 7포 (왜 그렇게 포기하는 것이 많은지) 세대라고 하더라.

그런데 돈이 많아도 외부적 환경이 다 갖춰 있어도 정작 사랑을 하기를 꺼려하는 여자들도 늘어나고 있다. 컨설팅 회사에서 일하는 서른다섯 살의 한 여성은 '지금은 골드미스로 불리지만 다이아몬드미스가 되겠다'고 하더구나.

"연애할 시간이 없어요. 회사 일도 너무 많고, 장래를 위해 배워야 할 것도 많고 여자친구들과 만나 우정을 나누기에도 하루가 부족해요. 주변에서 사랑도 다 때가 있다고 꼭 결혼을 염두에 두지 않더라도 남자를 만나라고 합니다. 근데 우리 엄마나 언니, 친구들을 봐도 남자 때문에 이것저것 신경 쓰느라 정작 자기 삶을 제대로 살지 못할 때가 많더군요. 몇 번 교제는 했죠. 그런데 좀 몰입하는 성격이어서인지 남자와 사귀기 시작하면 온통 그 남자에게 집중해서 일하는 데 지장이 있었어요. 제 능력을 온전히 인정받아 전문가로 성공하는 게 제 목표인데 말이에요."

그런데 사랑이 꼭 로맨틱한 감정 상태, 페로몬이나 테스토스테론 같은 호르몬을 분비하고 미친 듯 서로에게 자신을 던지는 것은 아니다. 긍정적 사랑은 서로에게 풍덩 빠져 녹아드는 상태가 아니라 둘이 만나 감정, 지성, 상황 등이 상향 확장되는 것이다. 사랑은 자신조차 알지 못했던 잠재적 능력을 발휘하게 해주는 능력도 있고, 때론 스타를 키워내는 프로모터나 기획자의 역할을 하게도 된다. 영화의 주인공은 아니더라도 감독이나 제작자 역할을 해서 탁월한 작품을 만들 수도 있다.

또 전혀 다른 분야의 일을 하는 사람에게서 내가 전혀 생각하지 못했던 아이디어를 얻거나 타 분야를 이해하는 능력도 생기게 된다. 아무리 노련한 전문직 여성이라고 해도 남성 위주의 사회에서 남성들이 구축한 직장 문화나 언어를 체감하기 어렵다. 그럴 때 남자친구나 남편으로부터 객관적인 조언을 얻을 수도 있고, 남성들 역시 애인이나 아내로부터 여성들의 감정을 이해하는 공감력도 얻을 수 있다.


서로 발전하는 연애, 그보다 좋은 게 있을까

얼마 전 애인이 생겨 즐거워하는 방송사 후배를 만났다. 유능하지만 불같은 성격이라 모나다는 평을 듣는 사람인데 그사이 표정이 너무 부드러워졌더구나.

"다 동종업계에서 일하는 남자친구 덕분이에요. 그동안 저는 스스로 정의파라고 생각해서 제 일이 아닌 일에도 목소리를 높이고, 조금이라도 불이익을 겪으면 상사에게 곧바로 항의를 했죠. 그게 옳다고 믿었으니까요. 그런데 남친에게 그런 상황을 이야기하면 '네가 남자직원이라면 벌써 잘렸거나 맞기라도 했을 거야'라면서 남자들의 세계, 직장 생활의 관습법 등을 전해줘요. 큰소리로 주장을 하는 것보다 차분하게 말하는 것이 더욱 무섭다는 것, 서로 이름을 부르는 외국에서도 위계질서는 있고 회의석상에서 그렇게 자기주장만 하는 경우는 드물다는 것, 업무나 승진 등에서 불이익을 당했다면 화내기 전에 객관적인 자료로 상대를 설득하라는 것 등등. 덕분에 요즘은 화내지 않고도 제 주장을 전하는 법을 익히고 있어요. 성질을 죽이는 것이 아니라 제 성질을 건설적으로 발휘하는 법 말이에요."

괜히 혼자 분노하고 갑자기 버럭하는 습관이 사라진 후, 직장에서의 평가도 달라졌고 덕분에 피부나 표정도 너무 좋아졌다. 모두 사랑의 힘이다.

언론사 간부를 거쳐 공공기관 기관장을 지낸 한 남성은 애처가로 소문났다. 그 남편은 진심으로 아내에 대한 애정을 감추지 않아 주변에서 팔불출로 불리며 질투어린 놀림의 대상이 되기도 했다. 그 부인에게 비결을 물었더니 이렇게 말했다.

"우리는 대학 때 만났어요. 남편은 당시 서울법대생이었는데 집안에서는 사법시험을 거쳐 판검사가 될 거라 기대했답니다. 정작 본인은 법조인이 적성에 맞지도 않다고 생각했고 언제 합격할지도 모르는데 청춘을 사법시험 공부만 하며 보내기도 두려웠나 봐요. 저를 만나기 전에 잠깐 만난 여자들도 서울법대생이라 하면 '사시는 언제 보냐' '판사나 검사, 변호사 중 무얼 할 거냐' 등에만 관심을 보였답니다.

저는 그냥 그 사람 자체가 좋았어요. 재미있고 똑똑하고 정의감도 있고…. 그래서 '사법고시를 꼭 볼 필요는 없다. 당신 실력이면 어느 직업, 어떤 직장을 가져도 성공할 거다. 그러니 부담 갖지 말고 나랑 재미있는 대학 시절을 즐기자'고 했죠. 뭐 결혼할 거라고 생각도 안 했고 사법시험 준비하면 바빠서 자주 못 만날 것 같기도 해 그런 거예요. 판검사가 되면 결혼하고 나서도 여행 한 번 제대로 못 갈 것 같았고요. 다행히 언론사에 합격해 적성에 맞는 일을 시작했고 자신의 선택에 만족해합니다.

저는 혹시라도 저 때문에 남편이 판검사, 혹은 변호사의 꿈을 접은 게 아닌가 싶어 직장생활을 하며 남편이 부정한 일에 휘말리지 않도록 했고, 사회생활에서 만난 사람들의 여론을 전해주기도 했죠. 덕분에 저도 열심히 살 수밖에 없었고 시댁에서도 판검사 못지않은 명예를 누렸으니 저를 탓하진 않습니다. 남편은 지금까지도 사법고시 볼 필요 없다며 자신을 격려해준 내가 고맙답니다. 난 그저 내 마음을 전했을 뿐인데…."

여성변호사협회 회장을 지냈고 여성가족부 전신 부처의 장관을 지낸 강기원 변호사와 정치학자이며 언론사 회장을 지낸 김학준 박사도 '사랑' 덕분에 더더욱 성장한 커플이다. 양성평등이란 단어조차 생소한 1960년대 무렵에 서울법대 출신의 이들은 강 변호사는 잡지사, 김 박사는 일간지 기자로 사회생활을 시작했다. 결혼 후 강 변호사가 직장을 그만 두고 사법시험에 도전해 변호사가 되자, 남편은 기자를 그만 두고 하버드대학으로 유학을 떠나 박사 학위를 딴 후 대학 교수가 됐다. 아내가 공부할 때는 남편이, 남편이 유학할 때는 아내가 생계를 꾸렸다. 다시 남편이 유학을 마치고 돌아오자 이번엔 아내가 예일대로 유학을 다녀왔다. 이 부부는 평등부부상을 받기도 했는데 그때 김 박사는 "나는 아내가 내 와이셔츠를 다리거나 방을 청소하는 대신에 가사도우미의 도움을 받더라도 자신이 잘하는 공부를 하며 기뻐하고 성장하는 것이 우리 가족의 행복이라고 생각한다"고 밝혔다. 서로가 발전하는 것을 지켜보며 자극을 받아 다시 더 높이 오르고, 그것을 서로 기다려주는 것, 참 이상적인 부부상이 아닐까.

뛰어난 예술가 옆엔 대부분 뮤즈가 있단다

딸아. 너도 김향안 씨의 책을 읽었지. 대중에는 수필가로 알려졌지만 그의 가장 큰 능력은 '남자와 더불어 성장하기'라고 생각한다, 적어도 나는.

이화여대 출신의 변동림이란 본명을 가진 김향안 씨는 천재 작가이자 시인인 이상의 부인이었다. 이상이 일본에서 짧은 생을 마감할 때 곁을 지켰다. 그 후엔 화가 김환기와 만나 그를 한국 화단의 거목으로 만들었다. 본명을 버리고 김환기의 아호인 향안을 따서 '김향안'으로 거듭난 그는 남편이 미술의 본고장 파리에서 작품 활동을 하도록 먼저 파리에 가서 불어를 익히고 화랑이며 미술계 인사들과 친분을 쌓은 후 남편을 초청했다. 글을 써서 생활비를 벌며 남편이 오로지 그림만 그리도록 했다. 피카소 등의 작품을 보며 자극을 받게도 하고, 미술계 인사들의 조력으로 전시회를 열게 하는 등 김환기 선생의 작품에 엄청난 영향을 미쳤다. 파리를 거쳐 뉴욕으로 옮겨서도 남편의 모든 뒷바라지를 해서 김환기 선생의 작품 세계가 더욱 깊고 넓어지게 하는 데 공이 컸다. 남편 사후에는 서울에 환기미술관을 만드는 등 남편을 기리는 일로 평생을 다했다.

그렇다고 김향안이란 이름이 이상이나 김환기의 그늘에서 꼭꼭 숨은 것이 아니다. 상대의 천재성과 비범함을 간파한 후에 그들의 재능을 사회에서 인정받도록 조력하면서 자신은 수필가로 명성도 얻었다. 그가 쓴《월하의 마음》《카페와 참종이》등의 책을 보면 남편과의 사랑, 추억, 그리고 당시 문화예술계의 이야기들이 풍부하게 담겨 있다. 김향안 씨 덕분에 두 남자는 한국 현대예술사에 뚜렷한 족적을 남겼다고 볼 수 있단다.

몇 년 전 너와 같이 스페인에 갔을 때 살바도르 달리 미술관을 방문했던 거 기억나니? 셀 수도 없이 많은 '갈라'란 여성의 그림을 보고 충격을 받았지. 성모 마리아인 성녀로 때론 누드 모델로 등장한 갈라의 기묘한 매력이라니.

러시아 카잔 출신인 갈라 엘뤼아르 달리는 자신은 예술가가 아니었지만 주변의 수많은 사람들에게 예술적 영감을 부여했다. 그의 이름에서 보여지듯 그의 전남편은 폴 엘뤼아르란 프랑스의 유명한 시인이다. 폐결핵 요양소에서 만난 엘뤼아르와 사랑에 빠져 고향을 떠나 파리에 온 그녀는 남편 외에도 20세기 초반의 유럽 지성인과 초현실주의 예술가들과 교류하며 예술가 대접을 받았다.

스페인 해변에 엘뤼아르와 놀러온 열 살 연상의 갈라를 보고 첫눈에 반한 살바도르 달리는 그녀를 평생 종교처럼 떠받들었다. 그녀는 공공연히 혼외정사를 즐기기도 했고, 달리의 작품 매매나 전시회 등을 주관하며 지나치게 돈을 밝힌다는 악평을 듣기도 했다. 그러나 대놓고 갈라를 비난하는 이들에게 달리는 "나는 갈라를 아버지보다도, 어머니보다도, 피카소보다도, 심지어 돈보다도 더 사랑한다"고 당당하게 말했다. 갈라가 아니면 자신은 미쳐서 요절했을 거라고 털어놓기도 했고 1930년대 초부터 자기 그림에 자기 서명만이 아니라 갈라의 이름까지 적어 넣었다. 이유를 묻는 갈라에게 달리는 "내 그림들은 거의 다 당신의 피로 그려진 거니까요"라고 답할 정도였다.

예술의 천재성 뒤에 도사린 달리의 불안한 내면세계를 갈라는 어루만져주고 보호하고 안정시켜주었다. 또 모델 노릇과 에이전트 노릇까지 했다. 갈라가 아니었다면 달리는 위대한 예술가가 되지 못했을지도 모르고, 생전의 그 화려한 부를 누리지도 못했을 게다. 이들은 두 번이나 결혼식을 치렀는데 1979년, 이집트 기독교의 일파인 콥트교 식으로 치러진 결혼식에서 85세 신부와 75세의 신랑은 뜨거운 키스를 하며 서로의 사랑을 확인했다. 달리의 그림에는 여전히 그녀의 이름이 남아 있다. 영감을 준 뮤즈, 아내이자 매니저의 자격으로 말이다.

### 서로의 세계를 확장하는 것은 절대 어렵지 않다

딸아. 앞에서 예를 든 사람들이 너무 대단한 능력의 소유자들이어서 넌 자신이 없다고? 절대 그렇지 않다. 서로 성장하는 비결의 기본은 '상대가 좋아하고 추구하는 것들을 존중하고 응원하는 것'이 아닐까. 상대의 꿈이나 야망을 이루게 하려고 헌신적인 뒷바라지를 하라는 것도 아니고, 서로 경쟁하듯 자격증을 따고 학력을 높이라는 것도 아니다.

네가 사랑하는 남자가 야구나 축구 등 스포츠를 좋아한다면 기꺼이 그가 스포츠를 관람하거나 직접 경기장에 보러 가게 해라. 이상적인 방법은 네가 그 스포츠 분야에 관심을 갖고 함께 즐기는 것이다. 스포츠의 세계만 제대로 알아도 여자들이 간과하기 쉬운 스포츠맨십, 전략과 전술도 익힐 수 있고 다른 사람과 대화할 때도 화젯거리가 풍성해진다. 네가 그를 위해 스포츠 경기를 관람했다면 다른 시간에는 네가 좋아하는 분야를 소개해서 그의 세계도 확장시켜주렴.

나는 예전엔 해산물을 거의 먹지 않았단다. 그런데 부산이 고향인 네 아빠를 만나 생선회를 비롯한 해산물의 세계에 눈을 떴지. 데이트

시절부터 나의 취향이나 기호와 상관없이 줄기차게 회를 먹기에 할 수 없이 먹게 됐다. 아, 회를 먹지 않은 인생이란 얼마나 허무했을지….

반면 나는 요리 솜씨는 정말 없으면서 음식에 관한 책을 모으고 요리나 음식을 주제로 한 만화도 즐겨 본다. 그래서《맛의 달인》《미스터 초밥왕》《신의 물방울》등 음식이나 와인에 대한 만화책을 보다가 탁자에 놔두니 네 아빠도 덩달아 보더라. 그리고 만화에 나온 대로 스테이크를 굽기도 하고 샐러드도 만들어보다가 동네 주민센터에서 지중해 요리를 배우는 지경에 이르렀다. 난 이것도 각자 도움을 줬다고 믿는다. 이런 작은 변화나 수용도 난 성장이라고 생각한다.


완성남보다 완성해나갈 줄 아는 남자가 좋다

딸아. 이미 완벽한 완성남을 찾기보다 서로 발전 가능성이 있는 남자와 함께 성장하길 바란다. 결점이 없는 남자를 만나려 하기보다 자격지심이 없는 남자를 만나기 바란다. 빨리 가려면 혼자 가고, 멀리 가려면 같이 가란 말처럼 시간이 걸리더라도 서로 등을 밀어주고, 손을 잡아 이끌어주며 차곡차곡 성장해보렴. 혼자 악착같이 올라선 산의 정상보다 같이 땀 흘리며 올라간 산의 정상이 더욱 흐뭇하고 보람 있단다.

## 사랑보다
## 사람을 봐야 한다는 것은

절대로 안 되는 이유가 아흔아홉 가지가 있어도 그래도 견딜 수 있는 하나가 있으면 가능한 것이 사랑입니다. 그 하나가 바로 그 사람에 대한 믿음입니다.

이는 장경동 목사가 한 말이다.

맞다. 주변의 반대, 갈수록 드러나는 결점 등등이 있어도 사랑이 이어지는 이유는 흔들리는 '사랑'보다는 단 하나의 장점으로도 우리 마음을 사로잡을 수 있는 그 '사람'의 매력이다. 목숨을 건 사랑도 그것을 가능하게 하는 사람이 있다는 뜻이다. 아니, 사랑 자체가 사람끼리 하는 것 아니겠니.

흔히 사랑은 큐피트의 장난이기도 하고 호르몬의 작용이라고도 한다. 그래서 지금 가슴이 터질 듯한 사랑에 눈을 감기보다 조금 냉정하게 그 사람의 됨됨이를 파악해야 한단다. 휴대폰을 하나 구입할 때도 디자인, 기능, 약정기간 등을 꼼꼼히 따져 나의 경제력과 취향에 맞는 것을 고르면서, 어쩌면 인생을 좌우할 애인이나 평생을 함께 살 남편감을 고르면서 그토록 쉽게 결정할 수 있겠니.

외모나 능력이야 어찌 보면 네가 눈을 낮춰도 될 법한 것들이긴 하다. 그러나 사람 됨됨이에 대해선 눈을 낮추지 마렴. 엄마 생각에 적어도 남자를 만나서 관계가 깊어지기 전에 다음과 같은 시도들을 해보는게 좋은 것 같다.

### 절대 눈을 낮추지 말아야 하는 것들이 있다

첫째, 끝까지 싸워보는 것.

헐크만 화가 나면 괴상한 초록괴물로 변하는 것이 아니다. 모든 사람은 천사도 악마도 아닌 그저 감정의 동물인 인간일 뿐이다. 그러나 극한 상황이 되면 진짜 악마나 사탄, 혹은 괴물로 변하기도 한다. 상황이 좋고 기분이 괜찮을 때는 관대한 호인처럼 보이다가 갈등이 고조되거나 장애물이 생기거나 기분이 나빠지면 흉포한 면모를 드러내 보이는 이들도 있다. 일부러 얄밉게 화를 내게 하거나 시비를 거는 등의 도발을 하라는 것이 아니다. 사소한 말다툼이나 갈등이 생겼을 때 결별이 두려워 그저 참거나 덮어주려고만 해서는 안 된다는 것이다. 헤어질 각오를 하고 혹은 상처받을 것을 각오하고 그가 어떤 가면을 쓰고 있는지, 분노의 상황에서 가면을 벗고 어떤 모습을 보이는지 확인해봐라.

보통 연인들처럼 다툰 후 금방 잘못을 빌고 먼저 화해를 시도한다면 그를 신뢰해도 좋다. 그러나 싸울 때 물건을 집어 던지거나, 상스러운 욕을 하거나, 폭력을 가하거나, 자해를 하면서 눈이 뒤집히는 모습을 보인다면 돌아서라. 이걸 사랑으로 극복하겠다고 버티다가 매 맞는 아내가 되거나, 심지어 목숨을 잃을 수도 있다. 폭력적인 남자와 헤어질 때는 가능한 공개 장소에서 부드럽지만 단호한 어조로 "이제 그만 만났으면 한다. 너무 심신이 지쳤다"라고 말하는 것이 좋다. 둘만 있으면 또 폭행을 당할 수도 있고, "때려봐, 때려봐" 등의 말을 하다 더 강한 폭력의 희생자가 될 수도 있다. 넓고 트인 장소에서 남들에게 망신을 당할 수도 있지만 그들이 증인이나 보호자가 될 수도 있다.

"정말 서로의 본바닥을 보일 만큼 격렬하게 싸웠어요. 제 치부도 다 보여줬지만 그 사람의 본성을 확인했어요. 그 사람을 사랑하는 나를 사랑했을 뿐, 진짜 그 사람을 사랑하는 게 아닌 것도 알았죠. 끝까지 싸울 수 있던 것은 제가 싸움에서 이길 것이란 자신감이 아니라 어떤 사람도, 어떤 상황도 나를 무너뜨릴 수 없다는 자존감 덕분이었어요."

잘 싸우고 제대로 헤어진 한 여성은 폭포수에서 목욕한 마음으로 새로운 사랑을 찾고 있다고 했다.


둘째, 술을 함께 많이 마셔보는 것.

술을 잘 안 마시려는 내게 한 선배가 '넌 인생의 진가를 반도 모를 거야'라고 한 적이 있다. 취한 상태에서 느끼는 어떤 특별한 감정을 의미하는 줄 알았는데 그것만은 아니었다. 서로 술을 마셔보면 우리는 자신의 또 다른 자아를 발견하고 상대의 낯선 모습을 보게도 된다.

착하고 온순한 남자들 가운데 술만 마시면 전혀 다른 인격체가 튀어나오는 이들도 있다. 평소 스트레스가 많고 감정을 스스로 꾹꾹 눌러오다가 술이 들어가면 그 봉인이 풀어지는 것이다. 유난히 말이 많아지거나, 금방 잠이 들거나, 옆 사람의 얼굴을 만지거나, 엉엉 우는 정도는 견뎌줄 만하다. 그런데 없던 용기가 펄펄 솟아나 "너희들 다 죽었어. 그 새끼 나오라 그래" "너, 내가 그동안 참았는데 말이야. 그렇게 살지 마" 등의 말을 하고 옆 사람에게 시비까지 건다면 다시 생각해봐야 한다. 친구들과 함께하면 그가 친구에게 어떤 말을 하고 어떤 태도를 보이는지도 봐야 한다. 술이 깬 후에 "정말 내가 그랬다구? 필름이 끊겼나봐. 기억이 안 나. 다시는 안 그럴게"라는 말을 할 게다. 그리고 그 말은 평생 이어진다. '술이 죄지 그 사람이 무슨 죄인이냐'라고 생각하다가 술이 만든 또 다른 그 사람의 희생자가 된 이들도 많단다.

평소 너무 과묵하고 품위 있어 보이던 청년이 술만 마시면 험악한 말을 하고, 발길질을 하는 모습을 봤다. 그 애인에게 물어보니 "술 마셔서 그래요. 평소엔 안 그래요"라고 변호를 하더구나. 얼마 후 그 참을성 있던 애인을 버리고 그 남자는 더 어리고 철없는 여자를 만났다는 후문이다.

그의 술버릇이 고칠 수 있는 여지가 있다면 술 마시는 모습을 동영상으로 찍거나 녹음을 해서 제정신일 때 들려주고 개선을 권할 수도 있겠지만, 그렇지 않다면 '술버릇을 못 견디겠다'고 확실히 말하고 장래를 축복해주고 떠나라.

셋째, 그의 집에 가보고 가족을 만나볼 것.

연애 시절에 남자친구의 집을 방문하는 것은 일종의 드라마 세트장을 방문하는 것과 같다. 아들의 애인이 온다고 하면 모든 가족 구성원이 대동단결해서 최고의 이미지를 보여줄 만반의 태세가 되어 있기 때문이다. 그림처럼 화목한 풍경을 연출할 게다.

식사 후에 조금이라도 집안일을 도우려고 하면 "어머어머, 손님이 무슨 설거지, 그냥 쉬어요"라고 말하는 인자한 어머니, 카디건이 잘 어울리는 점잖은 모습의 아버지, 천진한 표정의 귀여운 동생 등등. 그곳에서 볼 것은 집안 인테리어나 그릇의 브랜드가 아니다. 아버지가 어머니를 대할 때의 모습, 남자친구가 어머니에게 보여주는 태도 등이 바로 너의 미래다.

어쩌면 고급스러운 옷을 입고 있어도 오랫동안 가정 폭력에 시달린 어머니라면 얼굴엔 생기가 없을 게다. 신사처럼 보이는 아버지도 언뜻 어머니를 무시하는 말이나 제스처를 보인다면 그게 현실이다. 또 과장된 친절을 베풀어도 경계나 질시의 눈빛을 보이는 어머니의 그림자 뒤에 올가미가 감추어져 있을 수도 있다. 한 번만으로는 파악하기 어렵다.

한 여성은 남자친구가 항상 자기 엄마와 전화할 때마다 짜증을 내고 상스러운 어휘를 쓰며 퉁명스럽게 말하는 것을 보고 시간을 두고 헤어졌단다. 그 엄마의 문제일 수도 있겠지만 그는 그 엄마의 아들이기 때문이다. 그 남자의 집이 앞으로 네가 살 세계라는 것을 염두에 두고 찬찬히, 냉정하게 살펴봐라. 넌 그 사람 하나를 사랑하지만 결국 네가 감당해야 할 것은 그와의 사랑만이 아니라 그 집안 전체란다.

넷째, 친구나 동료를 만나는 자리에 자주 나가볼 것.

신기하게도 사람들은 비슷한 사람들끼리 모인다. 내 주변에서 따로 소개시켜주지 않아도 같은 성향의 사람들이 우연히 만나서 친구가 된 경우를 많이 봤다. 친구들의 면면을 보면 그의 어린 시절, 그가 감추고 싶어 하는 과거, 현재의 문제점 등을 알 수 있다. 그가 친구들과 만나서 보이는 모습도 전혀 낯설 수 있다. 과묵하기만 하던 그가 친구들 앞에서는 수다쟁이가 되고 유치한 농담도 잘하며 긴장감이 풀어진 모습을 보이기도 할 게다. 혹은 야비한 언행을 하거나 승부욕을 보이기도 할 것이다.

모범생처럼 반듯해 보이던 남자친구와 달리 친구들이 모두 깡패 같은 분위기라면 그의 과거를 의심해봐야 한다. 친구들이 모두 네 남자를 무시하고 구박한다면 그 이유를 살펴봐라. 반대로 친구들이 모두 그를 진심으로 칭찬하고 '앞으로 잘되길 바란다'라는 덕담을 해준다면 안심해도 좋다. 친구들과의 대화를 자세히 들어보면 그의 가치관이 드러난다. 그가 편법을 일삼는지, 비리를 저지르는 것을 아무렇지도 않게 여기는지 등이 드러난다.

또 친구들에게 "내 애인, 아니 너희들 형수님"이라고 자랑스럽게 소개하지 않고 "아는 동생이야"라고 말한다면 만남을 다시 생각해봐야 한다. 그 무리 가운데 과거 여자친구, 혹은 여자친구의 오빠가 있을 수도 있고, 진짜 '아는 동생'으로 여길 수도 있기 때문이다. 친구 앞에서 너를 존중해주지 않는 사람과는 가능한 헤어지는 것이 낫다.

다섯째, 낯선 아이에게 어떻게 대하는지를 볼 것.

지나치듯 무심히 한 말도 기억해두었다가 선물을 하고, 혹여 자동차가 다가오면 팔로 감싸주는 매너를 보이는 사람들도 있는데 유독 다른 이들에게 불친절하다 못해 거칠게 구는 이들이 있다. 운전을 하면서도 다른 운전자들을 욕하고, 길을 걸어가다 부딪친 이에게 험한 눈빛을 발사하고, 식당에서 종업원에게 큰 소리로 야단을 치고 어르신에게도 무례하게 굴고….

무척 고명한 어떤 분과 일식집에서 저녁식사를 한 적이 있는데 공식 석상에서 그토록 젠틀한 분이 종업원에게 "야, 야, 언니야. 식사가 왜 이렇게 늦게 나오냐" 등 무시하는 말과 태도를 보여 내가 더 당혹스러운 적이 있었다.

천사 같은 모습의 아이라도 아이라면 질색을 하고 싫어하는 이들도 있다. 딸바보로 소문난 한 후배도 "난 조카들도 별로 좋아하지 않았는데 정작 내 딸이 태어나니 완전히 세상이 변하고 제 자신도 달라진 것 같아요"라며 "딸이 너무 예뻐서 다른 아이들까지 다 예쁘게 보여요"라고 했다. 기본적으로 인간에 대한 애정, 어린이나 약자에 대한 보호심과 긍휼함이 없으면 사랑이 식었을 때 차갑게 변하는 모습을 확인하게 된다. 드라마에서 가끔 등장하는 장면이지만 자동차 접촉 사고 등이 났을 때 핏대를 세우고 고래고래 자기 주장만 늘어놓는 남자, 경비아저씨에게 함부로 굴던 남자가 딸의 남자친구로 밝혀져 당사자가 쥐구멍을 찾는 모습은 현실에서도 있다.

달라이 라마도 "친절이 최고의 종교"라고 했다. 자기 애인이나 가족에게만 친절한 이들은 극도의 이기주의자들이다. 그렇다고 온 동네 일을 도맡는 오지랖을 보이면서 정작 부인이나 가족은 나몰라라 하는 사람도 문제이지만 그건 그래도 조절이 가능하다. 너에 대한 관심과 배려만은 지극한 남자일지라도 그 애정이 식으면, 혹은 네가 그의 기대에 못 미치면 언제든지 길거리의 약자를 대하듯 네게 함부로 대할 가능성이 높다.

1천만 관객을 동원한 〈베테랑〉의 유아인이 연기한 재벌 2세처럼 약자를 무시하고 짓밟는 이들은 결국 파멸에 이른다. 무사히 고위직에 오르거나 돈을 많이 번다해도 그 사람과의 미래는 밝지 않다. 너도 똑같이 약한 이들에게 허세나 횡포를 일삼는 사람이 되거나, 항상 남편의 그런 행동 때문에 부끄러워 고개를 못 들며 갈등하는 사람이 될 테니 말이다.

여섯째, 약속을 얼마나 지키려 하는지 보렴.

가정이나 사회를 유지하는 가장 기본은 약속이다. 서로 믿고 살자는 약속, 이것만은 지키자는 약속. 평소에 습관적으로 약속시간에 늦고, 만나기 한두 시간 전에 약속을 깨거나 연락조차 안 되는 사람은 미래가 없다. 전화를 걸겠다고 해놓고 회의하느라 시간이 없었다, 정신이 없었다, 배터리가 떨어졌다 등의 핑계를 대는 사람들은 거짓말쟁이다. "바빠서 짧게 전화할게요. 내일 여섯 시에 거기서 봐요. 잘 자요"란 통화를 하는 데 30초면 충분하다. 약속을 안 지키는 남자는 상대를 그만큼 사랑하지 않거나 다른 사람과 양다리를 걸치고 있는 것이 분명하다. 완벽한 조건을 갖춘 남자라고 해도 하염없이 오지도 않을 전화를 기다려야 하고, 며칠을 기다리고 몇 시간을 준비한 도시락이 쓰레기가 되고, 너의 그 소중한 시간이 흘러가버리는 것을 무조건 사랑으로 이해하고 극복해야 할까.

또 이렇게 연인 사이에도 약속을 안 지키면 직장이나 사회생활에서도 약속을 잘 지키기 어렵다. 출퇴근 시간을 잘 안 지키고, 맡은 업무를 제 시간에 해내지 않는 등등 사소한 약속부터 안 지키는 사람에게 누가 중요한 임무를 주고 중용하겠니. 만약 공적인 약속은 철저히 지키면서 너와의 약속만 이런저런 핑계로 안 지킨다면 그건 널 그만큼 소홀하고 미미하게 여긴다는 증거다.

위기 상황이 닥쳤을 때 허둥지둥하느라 중요한 약속을 못 지키고 혼자 숨어버리는 비겁한 남자를 평생 보필할 의무가 있을까. 약속은 책임이다. 책임감 없이 성공한 사람은 본 적이 없다. 거짓말만 늘어놓은 사람의 거짓 사랑에 농락당하지 말길 바란다.

일곱째, 그의 상황과 꿈이 감당할 만한 것인지를 봐라.

가끔 이런 엉뚱한 생각을 한다. 독이 든 사과를 먹고 잠이 든 백설공주를 깨워준 왕자는 공주를 끝까지 사랑했을까. 공주 출신이라 해도 계모에게 독살당할 뻔한 트라우마가 크고 일곱 난장이와의 생활에 익숙한 공주와 어떤 대화를 나누었을까. 신데렐라는 왕궁에 들어가서도 왕자에게 매일 유리구두를 신고 춤만 추라는 요구를 받은 것은 아닐까….

아는 사람 중에 재벌가에 시집간 평범한 집안의 딸이 있다. 자신이 예쁘고 똑똑하니 재벌 2세의 사랑을 받았을 뿐 신데렐라는 아니라고 했다. 하지만 결혼 후 시댁의 모욕에 가까운 멸시, 고부갈등에 지친 남편의 외도, 친정의 경제적 요구 등으로 고통을 겪다 결국 이혼했다. 이와 대조적으로 고등학교만 졸업한 가난한 집안의 남자와 결혼한 석사 출신의 전문직 여성도 당시에는 용감한 여성으로 칭송을 받긴 했지만 결국 헤어졌다. 남자가 '나도 가난해서 대학 진학을 못했는데 예술가의 꿈을 이루고 싶다'고 해서 뒷바라지를 해주었는데 둘 다 서로에게 지쳐가더란다. 얼마 전 만났더니 '10년간 그에게 쏟은 돈과 시간을 내게 더 투자했다면 성공했을 텐데'라고 후회하더라.

네가 만나는 남자가 너무 크고 거창한 미래를 꿈꾸고 있다면 그의 능력 이전에 네가 그걸 감당할 수 있는지를 곰곰이 생각해보렴. 조국 독립을 위해 전 재산을 다 바치고 가족을 두고 떠난 독립운동자들을 대신해 가정과 가족을 지킨 아내들, 과거의 어머니들의 희생 덕분에 우리나라는 광복의 날을 맞았고 이만큼 놀라운 발전을 했다. 그 남자를 위해 기꺼이 헌신할 수 있고 그의 꿈의 실현이 네 꿈일 수 있다면 괜찮다. 하지만 소소한 일상의 행복을 꿈꾸면서 그런 남자를 선택해서는 안 된다. 또 부모와의 갈등, 어린 시절의 상처, 성격이나 환경의 약점을 가진 남자를 사랑한다면 네가 과연 그의 그런 상처와 약점을 품을 수 있을지도 생각해봐야 한다. 그 사람이라면 모든 걸 감내하고 그의 상처를 다독여주고 어떤 상황도 네가 기꺼이 받아들일 수 있는 사랑이 있다면 좋다. 하지만 그 사람에게 보호받고 사랑받고 그 그늘에 안주하고 싶은 성격이라면 서로를 위해 안녕을 말하는 것이 낫다.

남자친구로부터 폭력에 시달리거나 돈을 뜯기기까지 하는데 헤어지지 못하는 여성들도 있다. 그 남자로부터의 보복이나 주변 사람들의 소문이 두렵기 때문이다. 그런 나쁜 남자들과 헤어지는 데 가장 필요한 것은 너를 사랑하고 너를 믿는 마음이다. 네 스스로를 진심으로 믿으면 지금 그 남자만이 아니라 네 직업, 네 명성을 잃어도 다시 일어설 수 있고 더 건강한 삶과 새로운 사랑을 할 수 있는 힘이 나온다. 그런 믿음은 너에게 후광 효과를 발휘한다. 그건 네게 십자가나 부적 같은 효과를 준다.

사악하고 나쁜 사람, 혹은 끝없이 너를 지치게 할 사람들은 네 약한 모습, 네 낮은 의지를 약점 삼아 더 괴롭히려 한단다. 네가 '나는 네가 어떻게 해도 두렵지 않고 절대 무너지지도 않는다'는 것을 보여줘야 한다. 분노에 떨거나 일부러 큰 목소리를 낼 필요가 없다. '난 약자나 피해자가 아니라 강한 사람이다'란 자존감만 장착되어 있으면 된다.

네가 우월한 외모에 학벌도 좋고 남들이 부러워하는 직장에 다니고 자격증이 여러 개 있다고 자신감과 자존감이 생기는 것은 아니다. 부족한 환경도 감사하고, 작은 키나 납작한 코도 사랑스러워하고, 인격이나 능력이 계속 성장할 것이란 믿음을 갖고 있으면 자신감으로 빛나게 된단다.


### 대화가 통하는 소울메이트만 찾지 마라

'됨됨이가 중요한 건 안다, 그런데 서로 대화가 통하는 사람을 만나는 게 꿈이다'라고 말하는 여성들도 많을 것이다. 여자들의 착각 중 하나 깨주고 싶은 게 있는데, 소울메이트를 만났다고 해서 그 사람이 영원한 애인이나 남편감은 아니라는 것이다. 흔히 가치관이나 취미가 비슷하고 관심사나 취향이 같은 사람을 만나면 소울메이트라고 생각한다.

"저는 재즈를 좋아하는데 그 사람도 재즈를 좋아해요. 전 매일 삼시 세끼 냉면만 먹으래도 먹을 것 같은데 그 사람도 냉면애호가라 시간이 나면 맛있다고 소문난 냉면집을 찾아다녀요. 참 성실해서 자칫 나태해지는 제게 정신이 번쩍 들게 해주죠. 그를 만날 때마다 '우린 영혼의 쌍둥이가 아닐까. 하늘에서 반으로 나눠져 지상에 온 게 아닐까'라는 말을 하죠."

이렇게 기쁨에 도취된 여성에게 《먹고 기도하고 사랑하라》의 저자인 엘리자베스 길버트는 찬물을 끼얹는다. 그는 남편과 이혼한 후 책을 준비하기 위해 이탈리아, 인도 그리고 발리로 이어지는 여행을 떠나기 바로 직전, 당시 소울메이트라고 믿던 남자친구를 만났다. 그는 소울메이트를 완벽한 이상형, 자신을 비추는 거울 같은 존재로 생각하고 장래 계획도 세웠다. 그런데 한 친구의 이런 조언을 들었다.

"그는 어쩌면 너의 소울메이트일 가능성이 크다. 문제는 네가 소울메이트의 의미를 잘못 이해하고 있다는 점이다. 소울메이트란 만나면 장밋빛 행복감이 차오르는 관계가 아니다. 상대방을 긍정적으로 변화시키는 존재다. 그러니 연인과 같은 열정적인 관계는 안정과 평온한 상태에서 변화를 줄 수 없으므로 소울메이트의 역할을 상대방에게 기대하면 둘 중 하나는 떠날 수밖에 없다."

이후 엘리자베스 길버트는 소울메이트와의 영원한 사랑과 결혼을 바라는 기대는 버렸다. 소울메이트라고 믿던 남자와 헤어져 각국을 다니며 명상과 요가를 하고 자기를 찾은 후에 진짜 사랑하는 남자도 만났다. 그녀는 "평생 동반자는 소울메이트가 아니라 당신의 '절친'이어야 한다. 당신의 단점을 보여주는 관계가 아닌 당신을 최고라고 칭찬하고 아끼며 지지하는 존재여야만 한다"고 강조한다.


사람을 파악하는 것만은 네 스스로 하렴

딸아. 사이버시대가 되어갈수록 사랑도 기계로 하는 이들이 있더라.

'세컨드라이프'란 인터넷의 가상공간에서 만나 자신의 취향에 맞는 사람과 결혼을 하는 사람도 있고, 〈Her〉란 영화를 보면 대필작가인 남자가 인공지능 운영체제인 '사만다'와 사랑에 빠지기도 한다. 사이버 사랑은 완벽한 정신적 교감을 느끼고 상처를 받지도 않겠지만 그 가상의 대상과는 손을 잡을 수도, 추억의 사진 한 장을 남길 수도 없다. 그 영화에는 "사랑에 빠지는 것은 사회에서 공식적으로 허용받은 미친 짓"이란 말도 나오던데, 설사 미친 짓일지라도 직접 부딪쳐야 하지 않을까. 사이버 사랑으로 도피하려 하기보다 그 미친 사랑을 하는 우리들, 즉 사람됨을 잘 파악하려 노력하는 쪽이 더 나은 것 같다. 그 사람이 너무 근사하고 그와 보내는 순간순간이 너무 설레고 행복하더라도, 잠깐 사랑의 환각에서 벗어나 그 사람의 됨됨이를 파악하는 분별력만은 네가 직접 기르기를 바란다.

## 달콤한 사랑보다 건강한 사랑을 하길 바란다

며칠 전, 나는 건강검진 결과를 보고 너무 놀라고 부끄러웠다. 콜레스테롤이 너무 높고 무엇보다 복부 지방은 그래프의 칸을 뚫고 나갈 기세로 높았다. 모두 내가 단것, 기름진 것과의 사랑에만 정신이 팔렸던 탓이다. 그 앙증맞고 천사 같은 모양의 마카롱이 정작 목을 통과하면 어마어마한 칼로리 폭탄이 된다는 것, 심야에 유난히 매력적인 치킨을 뜯으며 '네 엄마가 누구니?'란 질문을 연발하지만 정작 몸 안에 들어가면 그대로 복부 지방으로 정직하게 축적된다는 것, 피곤할 때

친구보다 더 위로가 되고 힐링이 되는 커피믹스나 답답할 때 속을 펑 뚫어주는 듯한 탄산음료가 실상 나의 혈관 속을 찐득찐득하게 만들어버린다는 것을 다 알았으면서도, 난 그들과 사랑에 빠져 내 몸을 폐허로 만들어버렸다. 사랑은 어쩌면 초콜릿이나 삼겹살 같은 달콤한 유혹이고 마약이 아닐까. 난 진즉 초록 채소, 등 푸른 생선, 청국장이나 녹차 같은 착하고(?) 바른 음식을 사랑했어야 했단다….

사랑하는 것만큼 중요한 것이 사람을 잘 파악하는 간파력이란다. 사랑도 결국 '사람'이 하는 일이다. 사랑에 빠지는 너도, 네가 사랑하는 그도 사람이다.

그래서 거듭거듭 강조하고 싶구나. 아름답고 좋은 사랑을 하기 위해 네가 먼저 좋은 사람이 되길 바란다. 좋은 사람은 착하거나 남의 말을 잘 듣는 사람이 아니다. 다른 사람을 이해하고 보듬는 능력만큼 스스로를 아름답고 풍요롭게 가꾸어서 편견과 왜곡된 시선으로 남과 자신을 괴롭히지 않는 사람이다.

딸아, 네 자신을 먼저 사랑해서 좋은 사람이 되고, 좋은 사람을 만나 진짜 사랑을 하길 바란다.

2부

# 그 사랑이
# 널 힘들게 하지 않길…

# 햄릿 왕자가
# 가장 널 힘들게 할지도 몰라

남들이 보기엔 너무 착하고 능력도 있고 자상한 남자가 정작 사소한 일도 잘 결정하지 못하고, 무조건 "글쎄…"만 연발하면 어떨 것 같니? 정말 속이 터진다. 그래서 화를 내고 짜증을 내면 사람들은 "왜 그런 착한 남자에게 성질을 부리냐"며 상대 여자를 비난한다. 이건 누명을 쓰는 것처럼 억울한 일이다.

해마다 그해의 트렌드를 분석한 책을 펴내는 김난도 교수가 이끄는 서울대 소비트렌드분석센터는 2015년 대한민국 소비트렌드 전망의 첫 번째 키워드로 '햄릿증후군'을 꼽았다. 선택 과잉의 시대에 소비자들이 쉽게 의사결정을 내리지 못하고 햄릿처럼 머뭇거린다는 것이다.

'점심 땐 어느 식당을 갈까' '이 가전제품을 인터넷에서 구입할까,

전자제품 전문 상가에 갈까' 등 현대인들은 너무나 많은 선택 후보들 가운데서 과부하가 걸린 듯하다. 독일의 한 젊은 저널리스트는 혼자서는 아무것도 결정하지 못하는 21세기 햄릿형 인간을 '메이비 세대 Generation Maybe'(혹은 '결정장애 세대')로 부르기도 했다. 말이 근사해서 '결정장애' '햄릿증후군'이지 결국 우유부단한 이들이 늘고 있다는 것이다. 상품을 고를 때나 장래를 선택할 때는 물론 연인과의 관계나 가정생활에서도 우유부단한 남자들이 너무 많다.

인간 유형을 우유부단한 '햄릿형 인간'과 저돌적인 '돈키호테형 인간'으로 구분한 이는 러시아 작가 이반 투르게네프다. 그는 1860년 '햄릿과 돈키호테'라는 강연에서 이렇게 말했다.

햄릿은 자기 자신만을 위해서 살며, 따라서 그는 에고이스트입니다. 고귀한 햄릿에게 있어서 자아란, 자기 자신조차도 믿지 않는 자아인 것입니다. 햄릿의 사색이 그 해답을 얻지 못한 채 언제나 끊임없이 그 출발점으로 되돌아오지 않을 수 없는 까닭은 바로 그가 자기 영혼의 뿌리를 내리고 살아가야 할 이 세상에서 그 어떤 삶의 의의도 발견하지 못한다는 사실에서 기인합니다. 햄릿형의 인간은 이 세상과 민중에 대하여 기여하는 바가 하나도 없으며, 실천력의 결여로 인해 비난을 받습니다. 따라서 그는 회의론자이면서 그의 머릿속은 언제나 자기 자신의 문제로 가득 차 있습니다. 그의 이지는 지나칠 정도로 발전하여 그의 내면의 세계를 관찰하기에 충분합니다. 햄릿은 과장될 정도로 자신을 힐책하며 끊임없이 자기 자신을 감시하고 자기 내부를 주시하는 것을 큰 만족으로 여깁니다. 또한 그는 자기의 결점 하나하나까지도 잘 알고 있으면서 그 결점들을 경멸하며 나아가서는 자기 자신까지도 경멸하는 것입니다. 그는 자기가 무엇을 원하며 무엇 때문에 살고 있는지는 알지 못하지만 삶에 대해서는 강렬한 집착을 갖고 있습니다. 따라서 햄릿과 같은 인물에게는 자기희생과 같은 행위는 결코 있을 수 없을 것입니다.

이렇게 햄릿과 햄릿형 인간에 대해 악평을 퍼부었다. 충동적이고 저돌적인 돈키호테보다 햄릿이 더 위험한 남자라는 것이다. 이렇게 긴 문장을 인용한 이유도 우유부단의 아이콘인 햄릿의 특성을 알려주고 싶어서다.

남녀관계 전문가들도 가장 부드럽고 착한 모습을 보이지만 정작 제일 상처를 주는 유형 중의 하나가 우유부단한 남자라고 강조한단다. 폭력적이라거나 바람둥이 등은 누가 보기에도 위험 신호를 드러내 보이고, 다른 이들 역시 "얼른 관계를 끊어"라고 조언을 해준다. 하지만 우유부단한 남자는 친구들에게는 착하고, 순하고, 심지어 고마운 존재로 호감을 산다. 자신의 의견을 강하게 드러내지도 않고 친구의 부탁은 거절하는 법이 없으며 심지어 시간과 돈을 기꺼이 내어주기 때문이다. 그러나 정작 연인이나 아내의 속을 까맣게 멍들이고 심지어 피를 말리게도 한다.

우유부단한 남자의 가장 큰 특성은 자기 주관이나 소신이 없다는 것이다. 독특한 취향과 신념으로 주변 사람을 제압하는 것도 문제이지만 도무지 속내를 알 수 없고 자기 생각을 밝히지 않아 사사건건 모든 결정을 대신 도맡아 해주다 보면 한숨이 나오다 못해 비명이 나오게 된다.

내가 직장생활을 하면서 가장 짜증나는 상대가 어떤 유형인가를 생각해보니 뜻밖에도 '우유부단한 성격'의 소유자였단다. 새로운 기획안이나 사업 안건을 보고해도 적절한 지시를 하기는커녕 빨리 더 윗분과 상의하지도 않고 "글쎄, 이걸 어떻게 해야 할까" "국장이 뭐라고 안 할까"라고 고개만 갸우뚱하던 상사, 무슨 자료를 부탁하거나 적합한 인물을 찾아달라는 말에도 우물쭈물거리다가 일을 망쳐버린 후배들이었다. 언젠가 한 후배가 사흘이나 전화, 메일 등 그 어떤 것으로도 연락이 되지 않아 실종신고라도 하고 싶었다. 알고 보니 집에 문제가 있었는데 어찌할 바를 모르고 왔다 갔다 하다 회사에도 안 나오고 선배에게 야단맞을 것이 두려워 연락조차 끊은 거였다. 잘못을 지적하면 야멸차게 대드는 후배가 오히려 더 나을 것 같았다.

우유부단한 남자는 결코 착한 남자가 아니란다

요즘은 인터넷의 연애상담 코너나 〈마녀사냥〉 등의 프로에서도 "이 사람, 나를 좋아하는 걸까요?"를 묻는 질문이 많더구나. 이제 막 서로를 알아가는 사이라거나 우연한 만남에서 호감인지 아닌지 모를 사이라면 모르지만 몇 달, 혹은 몇 년을 만나도 뜨뜻미지근한 관계만 지속하는 남자, 만나면 대체 뭘 할지조차 결정하지 못하는 남자는 곤란하다. 이런 남자들을 선택한 여자들은 수시로 분통을 터뜨린다.

강의를 갔다가 내게 상담을 요청한 한 여성의 말은 듣기만 해도 답답했다.

"대학 동창이 자기 직장동료를 소개해줘서 그 사람을 만났습니다. 학벌, 연구원이란 직업, 외모 등이 준수한 편이어서 조건만으로는 충분히 호감을 가질 만했습니다. 제 이야기를 재미있다는 듯 웃어주기도 했고…. 그래서 소개팅 다음날 주선한 친구에게 물어보니 '제가 마음에 든다'고 했답니다. 그런데 1주일이 지나도 연락이 오지 않아요. 그래서 다시 친구에게 부탁해 그 남자에게 왜 연락 안 하냐고 물어보니 '너무 바빠 정신없었다. 전화하겠다'고 하더랍니다. 그럴 수도 있겠다 싶어 제가 '많이 바쁘신가봐요. 이번 주말에 한번 볼까요'란 문자를 보냈더니 '그러죠'라고 답이 왔습니다. 제가 먼저 보자고 한 거라 시간, 장소를 정해 문자를 보내고 다시 만났습니다. 밥 먹고 영화를 봤죠. 다시 며칠 연락이 없어서 '우리 볼까요?'라고 문자 보내면 또 '그러죠'라고 보내오고…. 이렇게 반복되는 시간이 벌써 석 달입니다.

100일 기념 선물이나 이벤트는커녕 도대체 저를 좋아하는지, 아니 왜 만나는지도 모르겠어요. 제가 계속 보자고 하니까 만나는 건지, 우리 만남이 의미가 있는 건지. 그러다 갑자기 제 문자를 씹고 전화해도 안 받더라고요. 너무 답답해서 친구에게 물어보니 그 사람이 '자기도 혼란스럽다, 분명히 내가 좋은 사람 같은데 확신이 서지 않는다. 혼자 생각할 시간이 필요하다'고 하더래요. 이게 대체 무슨 말이에요. 분명히 괜찮은 남자인데 이렇게 흐지부지 자기 마음조차 잘 모르는 남자를 억지로라도 만나야 할까요?"

곳곳에서 남자친구의 우유부단함 때문에 고민하는 여성들이 참 많은 것 같다. 앞에서 제시한 이런 태도를 보이는 남자라면 관계를 지속할지 아닐지 심각하게 고민해볼 필요가 있다.

우유부단은 좋게 말하면 융통성이 있다는 말이고, 나쁘게 말하면 자기 의견은 물론 주관도 없다는 말이다. 매일매일 선택과 결정의 연속으로 이어지는 인생에서 매 순간 "어떻게 할까" "난 잘 모르겠어"라는 말만 하는 남자는 확실히 문제가 있다. 이런 남자를 만났을 때, 그리고 아직 본격적으로 사귀지 않았고 마음도 다 주지 않은 상태라면 연애 여부를 객관적으로 냉정히 볼 필요가 있다. 만약 네 문제가 아니라 정말 친한 친구의 경우라면 그런 남자를 기꺼이 추천할 수 있겠니? 늘 뒤에 숨는 우유부단하고 용기 없는 그 남자의 성격 때문에 평생 뒤치다거리나 할 게 뻔히 보이는데 친구의 인생을 담보로 맡기라고 할 수 있을까?

무엇보다 우유부단한 성격의 남자는 결코 착한 남자가 아니란다. 착하다는 것은 남의 말에 순종하는 것이 아니라 타인의 의견을 존중하면서 자기 책임을 완수하는 것이다. 한 심리학자는 '우유부단함은 평생을 안고 가는 불치병'이라고 진단한다. 본인이 그런 성향을 갖고 싶어 가진 것은 아니겠지만 자신을 좋아하는 여성에 대한 최소한의 배려로 자신의 단점을 극복하려는 의지도 없는 그런 남자에게 매달리지 말고 빨리 잊는 것이 좋다고 한다. 상대방의 답답한 마음을 헤아릴 줄 모르는 그들은 사랑받을 자격조차 없다고 다소 과격한 결론을 내린다.

물론 지금은 너무 착하고 부드럽고 사람들을 배려하는 것처럼 보일 게다. 나의 이런 분석도 나이 들더니 성격이 꼬여서 하는 심술궂은 말로 들릴지도 모른다. 일단 심호흡을 하고 이야기를 좀 더 들어보렴.

## 사랑에 대한 확신이 없는 것은 아닐까

우유부단한 남자들은 몇 가지 유형으로 구분된다. 직장이나 사회생활을 할 때는 적극적으로 활동을 하면서 유독 연애나 결혼 결정에 있어서는 소극적인 남자들이 있다. 어릴 때부터 엄격하거나 너무 무서운 어머니 밑에서 자란 남자들은 여성에 대한 공포심이나 두려움이 있는 경우가 있다. 그래서 상대가 마음에 들어도 제대로 표현을 못하고 살짝 거리를 두고 싶어 한다. 상대가 마음에 들수록 오히려 소극적이 되기도 한다. 상대 여성에게 자신의 잘못을 지적받지 않을까 하는 두려움, 혹은 자신의 나약한 면 때문에 상대 여성이 내 곁을 떠나지는 않을까 하는 공포심이 있단다. 여자에게 차였다, 버림 받았다란 것은 심약한 그들에게는 엄청난 공포이자 수치심이기도 하다. 그러니 아예 자신의 호감과 사랑을 유보시키면서 관찰만 하는 것이다. 그래야 나중에 그 여자가 곁을 떠난 후에도 "난 그 여자를 별로 좋아하지 않았다. 내가 찬 셈이다"란 옹색한 변명이라도 할 수 있기 때문이다.

더욱 나쁜 유형은 우유부단한 남자란 가면을 쓰고 여자들을 기만하는 경우다. 섣불리 자신의 마음을 밝히지도 않고, 항상 뜨뜻미지근한 모습을 보여주는 것은 그의 성격 탓이 아니라 너를 진심으로 사랑하지 않기 때문일 수도 있다. 일반적인 평범한 남자들은 좋아하는 여자가 생기면 자신의 마음을 열어 보이고 모든 것을 공유하려고 한다. 사귀긴 싫지만 계속 자기만 바라보는 건 싫지 않으니 상대방의 기분이나 답답함은 아랑곳없이 애매한 놀이를 계속하는 남자는 우유부단한 남자가 아니라 나쁜 남자다. 두 여자 사이에서 한 사람을 결정하지 못하고 양다리를 걸치거나, 계속 연애만 하면서 정작 결혼하자는 애인의 요구에는 '조금만 기다려줘'란 말만 녹음기처럼 반복하는 남자들은 절대 드라마에만 나오는 것이 아니라 우리 곁에 실존하는 남자들이다.

그리고 남자는 자신이 좋아하는 여자에게서 전화가 왔을 때 "일 때문에 바쁘다"라고 말하지 않는다. 정말 일이 바빠서 전화 받기 힘들 경우에도 "지금 다른 일을 하고 있는데 한 시간 후에 전화하겠다"라는 말을 한다. 혹은 "회의 중이라 전화 못 받아. 나중에 연락할게"란 문자를 남긴다. 그게 배려의 기본이다.

또 아무리 특별한 취향이 없는 남자도 자신이 좋아하는 여자가 있을 경우, 설령 그것이 아주 따분하고 자신이 관심 없는 분야라고 할지라도 여자가 좋아한다면 관심을 가지려고 노력한다. '지난번에는 중국식당 갔으니까 오늘은 이태리식당을 갈까' 등의 의견은 밝힌다. 마치 마지못해 '네가 정 원한다면 내가 참석은 해주마'라는 태도는 취하지 않는다.

"내 친구 미경이가 이런 말을 해서 속상해" 혹은 "오늘 우리 부장이

어이없는 일로 야단을 쳤어"라고 힘든 상황을 하소연하거나 넋두리를 하면 대부분의 남자는 "저런, 미경이 참 나쁘다" "그 부장 내가 언제 한 번 손봐줄게, 너무 속상해하지 마"라고 말해주는 것이 모범답안이다. 네가 무슨 이야기를 해도 영혼 없는 표정을 짓거나 딴청을 피우면 그는 네게 관심이 없는 거다. 물론 "이야기 듣고 보니 네가 더 나쁘다" "야단맞을 짓을 했군"이라고 객관적이다 못해 너무 단호한 말을 하는 것도 나쁘지만 차라리 그런 말에는 배울 점이라도 있다.

　연애심리코치들은 남자는 자신이 좋아하는 여자가 있을 경우 '거리의 법칙'이 적용된다고 한다. 좋아하는 여자에게는 자신이 그 여자와 좀더 가까운 거리, 늘 볼 수 있는 위치로 가고자 한다는 것이다. 그런데 좀더 먼 거리, 눈에 잘 안 보이는 곳으로 가려고 하거나 자신만의 밀실 안으로만 들어가려고 하는 남자는 절대 너를 사랑하는 것이 아니다. 그가 아무리 점잖고 수줍고 내성적인 성격이라고 해도 일단 사랑에 빠지면 열정적이 되고 강인해지고 다른 모습으로 변신한다. 남자는 자신이 좋아하는 여자에 대해 확신이 있으면 기꺼이 자신을 스스로 변화시키려는 노력을 한다. 그게 사랑이다.

　우유부단한 남자들은 오랜 기간 교제를 한 여자친구를 자신의 친구들이나 가족에게도 잘 소개시켜주지 않는단다. 사랑에 대한 확신이 아니라 상대 여자에 대한 확신이 없기 때문이다. 정말 너를 좋아하고 사랑한다면 기뻐서, 행복해서 혹은 자랑스러워서 친구들이나 가족에게 소개시켜주고 다른 사람들의 축복을 받기를 원한다.

딸아. 사랑의 기본은 뜨거움이다. 생리학적으로는 이상한 호르몬이 뿜어나와 심지어 미친 상태가 된다고 한다. 연애 초기에는 인생에서 가장 찬란하게 뜨거움을 표할 때인데도 식어버린 커피 같은 사람이라면 너의 포용력만으로는 문제가 해결되지 않는다. 아무리 성격이 진중해도 자신의 호감이나 사랑을 표현하지도 않고, 수시로 연락이 끊어지고 잠수를 타고, 가족이나 친구들에게도 소개할 생각을 못하는 남자는 우유부단함 때문이 아니라 사랑을 하지 않아서가 맞다.

"넌 나를 버릴 수 있어도 난 널 버릴 수 없다며 4년간이나 밍숭맹숭한 관계를 유지하던 남자친구가 있었어요. 수시로 자기가 싫으면 언제든지 떠나도 좋다고 했어요. 우리 부모님에게 인사를 드리러 가자고 해도 '아직은 마음의 준비가 되지 않았다'는 이야기만 반복하고요. 그래서 결별을 선언하고 헤어졌죠. 그런데 1년이 지나도 아무 소식이 없고 저도 새로운 남자도 못 만나고 자꾸만 그와의 좋은 추억만 떠올라 연락했더니 그 사람, 다음 달에 결혼한다네요. 저주를 퍼부어주었지만 결국 그 남자는 나를 사랑한 게 아니었어요. 자기를 좋아하는 나를 버릴 용기가 없었을 뿐…."

그런 우유부단한 남자 때문에 거의 5년에 이르는 시간을 허비한 자신이 너무 바보 같다는 한 대학원생의 호소다.


### 영원히 자라지 않는 남자일 수도 있다
딸아. 이런 우유부단한 성격의 대표적인 남성이 '마마보이'란다. 요즘은 어머니들이 자녀들의 인성 및 학습교육은 물론 연애문제에까지 심하게 개입하는 경우가 뜻밖에 많더구나.

　나도 이런 마마보이 때문에 당혹스러운 경험을 한 적이 있다. 스물 일곱 살 때 동네 아줌마가 자기 조카의 절친이라며 명문대 치대생을 만나보라고 했다. 어르신이 나오는 딱딱하고 어색한 맞선 자리가 아니라 편하게 만날 수 있는 자리니 크게 부담스러울 것도 없어서 나갔다. 그 남자를 제외하고는 모두 유머 감각이 넘치는 사람들이어서 화기애애했다. 다음날 아침, 그 아줌마가 "조카가 전화했는데 그 총각이 너무 마음에 들어하더라"는 소식을 전해왔다. 친구들이 너무 웃고 떠들어서 그 남자와는 제대로 이야기도 해보지 못했지만 며칠 후 그 남자가 애프터를 신청하기에 나갔다. 또 친구들과 함께였다. 그는 빙그레 웃기만 했고 친구들이 내게 더 많이 질문을 했다. 그는 다음날부터 휴가라 고향에 다녀온다고 했다. 그러곤 소식이 없었다. 열흘인가 후에 그 남자가 아닌 친구 중 한 명이 회사 앞에 왔다기에 만났다.

　"아무개가 지금 너무 고민을 하기에 제가 보다 못해 왔습니다. 고향에 갔는데 어머니가 마음에 드는 신붓감을 찾았다며 당장 맞선을 보라더래요. 그래서 '친구가 여자를 소개시켜줬는데 정말 마음에 든다'고 했는데도 '겨우 몇 번 만나서 널 이렇게 홀린 여자면 분명히 여우 같은 여자일 것'이라며 절대 안 된다고 하더랍니다. 양가 어머니들이 함께 서울로 와서 억지로 매일 만나게 하고 있대요. 어머니가 너무 불같은 성격이고 그 친구만 보고 산 분이라 지금 당장 어쩔 수가 없답니다. 그 친구가 너무 효자이다 못해 마마보이라…."

난 겨우 두 번, 그것도 친구들과 같이 만난 남자여서 진지하게 생각하지도 않았는데 갑자기 내 의지와 상관없이 영화 한 편이 만들어져 내가 마치 비련의 여주인공이 되어버렸더구나. 어이가 없어 웃으며 "상황이 좀 웃긴다. 나도 별로 안 만나고 싶다"고 했다. 그런데 그 친구가 "혹시 저는 어떠신지요?"라고 하더라. 아, 어쩌다 내가 무슨 극장표나 공연티켓 신세가 됐다. 이 사람이 안 본다고 다른 사람에게 전해지는…. 지금은 얼굴은커녕 이름도 기억이 나지 않는 한 마마보이 때문에 별 경험을 다 해봤다. 그 마마보이보다 그 남자와 결혼한 여자의 근황이 궁금하긴 하다.

이런 마마보이의 문제점은 대개 온순하고 착하며 여성들에게 젠틀하다는 것이다. 그러니 당연히 여자들의 호감을 얻게 된다. 하지만 엄마 말에 순종하는 마냥 착할 것 같은 마마보이가 기실 가장 무서운 폭군이 된다는 것을 알려주고 싶다.

세계 역사상 가장 흉포한 폭군으로 알려진 로마의 네로는 유명한 마마보이였다. 역사가들은 네로를 나르시시즘에 사로잡힌 군주이자, 어머니의 치마폭에 휘둘린 마마보이, 그러나 끝내 어머니를 제 손으로 죽인 폭군의 대명사로 평가한다. 플리니우스는 그를 가리켜 '인류의 파괴자'이며 '세상의 독'이라 표현했다. 또 로마의 원로원에서 국가의 적이라 선언한 최초의 황제가 되었다. 고작 열여섯 살의 나이로 로마 황제가 되자 처음에는 귀찮아했다는 네로에게 그의 어머니는 황제란 무엇이든 할 수 있는 자리라며 부추겼다. 처음엔 시와 음악을 사랑하며 선정을 베풀었으나 점점 어머니의 놀라운 야심의 획책으로 권력욕에 사로잡혀 이성을 잃고 이복동생을 독살하고 결국 "정치에 간섭하며 귀찮게 한다"는 이유로 어머니 아그리피나마저 살해한다. 이것이 마마보이와 그 어머니의 처참한 최후다.

### 마마보이와 효자는 다르다

그런데 많은 이들이 '마마보이'와 '효자'를 구분할 줄을 모르는 것 같다. 언젠가 읽은 글이 이 구분법을 너무 선명하게 분석한 것 같아 여기에 소개한다.

간단하게 먼저 설명을 하자면… 대부분 남자들이 하지 않는 것을 그 남자가 한다면 마마보이이다. 남자 어머니 생일 때 남자가 용돈을 주거나 같이 좋은 곳 가서 식사를 하거나 조금 더 돈이 많다면 좋은 곳으로 여행을 보내준다면 그것은 효자이다. 그런데 어머니랑 같이 마트에 가서 장을 본다거나 어머니가 몸이 별로 불편하지도 않는데 같이 동네 병원에 간다거나 어머니랑 같이 동네 호프집에서 맥주를 마신다거나 어머니랑 같이 드라이브를 한다거나 어머니와 하루에도 몇 번씩 카톡을 주고받거나 전화를 한다면 마마보이이다. 물론 효자일수도 있다. 하지만 이것이 빈번하게 일어난다면 연인 사이의 관계나 사랑의 감정이 제대로 유지되기 힘들 것이다.

남자를 마마보이로 만드는 것은 그 남자의 어머니다. 그 남자가 마마보이가 되고 싶어서 그렇게 하는 게 아니다. 어머니가 어릴 때부터 그렇게 만들어 놓았기 때문에 남자는 그것을 당연한 것처럼 받아들이는 것이다. 결혼을 하면 당연히 어머니의 내정간섭이 들어갈 수밖에 없다. 신혼 때부터 같이 살자고 하거나 신혼집을 근처에 정하라고 해서 수시로 아들집에 드나든다. 남자가 마음이 약하면 절대로 어머니가 놓아주지를 않는다. 30년 가까이 세뇌를 당한 남자는 대부분 어머니의 편을 든다. "엄마가 너를 어떻게 키웠는데 나한테 이런 말을 하니?" "엄마 살날이 얼마나 남았다고, 나한테 이렇게 할 수 있니?" 이렇게 말을 해버리면 남자는 할 말이 없다.

더구나 지혜롭다 못해 영악해진 20~30대 미혼 남녀들은 결혼을 '필수'가 아닌 '선택'으로 생각하는 데다 남녀 공히 최악의 배우자감으로 마마보이와 파파걸을 뽑은 것으로 나타났다. 소셜데이팅업체 이음의 싱글생활연구소가 싱글 남녀 3,653명을 대상으로 '싱글의 결혼관'에 대해 설문조사를 실시한 결과 여성 응답자의 61%, 남성의 42%가 "결혼은 필수가 아닌 선택"이라고 답했다. 결혼하려는 이유는 남녀 모두 차이를 보였지만 결혼하기 꺼려지는 상대에 대해서는 남녀의 생각이 일치해 남녀 모두 '파파걸, 마마보이(남 40%, 여 60%)'를 1위로 꼽았다. 요즘 여성들이 '조건 좋아도 마마보이는 싫다'라고 외치는 세상에서 부모(특히 어머니)로부터 심리적으로 독립하지 못한 마마보이는 환영 받지 못하는 것이 사실이다.

딸아. 그럼 자기 어머니와 관계가 소원하거나 심지어 어머니에게 효도할 줄도 모르는 남자가 이상적인 배우자감일까? 그건 물론 아니다.

한 남자가 자기 어머니를 대하는 모습이 바로 다른 여성을 대하는 모습이다. 어머니를 존중하고 심기를 잘 살피고 적절하게 스위트한 모습을 보여주는 남자라면 대환영이다. 그런데 어머니에게 퉁명스럽게 대하고 막말을 하고 뭐든 요구만 하는 아들은 절대 좋은 남편이 될 수가 없다. 자기를 낳아주고 키워준 어머니에게 막 대하는 남자가 어떻게 부인에게 다정하게 인격적으로 대해주겠니.

그리고 그렇게 사이가 안 좋거나 실망감을 준 자기 어머니에게 못 받은 사랑을 아내에게 더 요구하거나 지나치게 집착하는 남자도 곤란하다. 또 마마보이로 만든 어머니가 사라졌다고 다 해결되는 것도 아니다. 자신의 중심축인 어머니가 사라지고 나면 아내에게 어머니 역할을 요구하며 아내가 아닌 어머니로 여긴다. 남편은 사라지고 아들이 새로 등장하는 셈이다. 평생 시어머니란 십자가를 지고 살다가 그 다음엔 철없는 남편을 아들로 입양해야 한다.

물론 사랑은 '그렇기 때문에'가 아니라 '그럼에도 불구하고'이고 약점을 사랑으로 보듬어 장점으로 만드는 것이라고 말하지만, 뻔히 드러나는 암초를 구태여 헤쳐 나가며 인생을 소진할 필요가 있을까.

마마보이에게 지독한 상처를 받았다는 한 여성은 "사랑의 완성조건에 열정, 친밀감, 헌신이 갖춰져야 된다는데 마마보이들은 사랑하는 여자를 위해 '헌신'할 준비가 안 되어 있다. 왜냐면 자기 엄마의 헌신만 눈에 보이고 여자가 자기를 위해 하는 헌신은 눈에 보이지 않기 때문인 듯하다"고 분석한다. 그리고 눈물로 하소연하거나 온갖 네 장점을 강조해도 어머니에게 이미 세뇌당한 마마보이에겐 크게 효과가 없을 게다.

미국의 정신과전문의이며 남녀관계연구가인 낸시 굿은 "마마보이는 어머니에게 순종적이더라도 실상은 감정적으로 미성숙하며 무의식적으로 자기가 만나는 모든 여자들을 야단치는 어머니처럼 행동하도록 만든다. 당신은 어머니를 미워하는 남자의 대리어머니의 역할을 맡지 말아야 한다"고 진심으로 조언한다.

사랑은 두 사람이 하는 것이고, 결혼 생활도 성인인 두 사람이 독립적인 가정과 가족을 만들어 가꾸어 나가는 꽃밭이다. 둘 사이에 엄청나게 큰 어머니의 그림자가 존재하는 것도 문제이고, 자기의 꽃밭이 아닌 부모의 정원에서 못 벗어나는 것도 문제가 있다. 딸아. 어머니와 관계도 좋고 사랑하지만 독립된 사고를 가진 남자를 만나길 바란다.


소극적인 남자를 변화시키는 방법도 있다

우유부단한 남자를 사랑으로 변화시키려고 노력하는 이들도 있다. "소극적이고 우유부단한 남자에게 조금이라도 변화를 주는 방법 없을까요?" "제가 더 적극적으로 나서고 애교스러움을 보여주면 남자친구도 제 마음에 확신을 갖고 애정을 표현해주지 않을까요?" "차라리 신념을 가진 또라이처럼 나를 휘두르는 사람보다는 이렇게 우유부단하지만 착한 남자가 더 낫지 않을까요?"

물론 우유부단함의 정도가 가볍다면, 방법은 어느 정도 있다. 결정을 서두르라고 윽박지르지는 대신 '이렇게 하는 게 좋지 않을까' '이 쪽이 더 낫지?' 하고 좀더 선택지를 좁혀주면 된다. 방향을 제시해주면 잘 따라오는 남자들이 많고, 자신이 결정하는 법도 차츰 배우기도 한다.

　　그리고 아무리 우유부단한 성격의 남자라도 한 여성을 정말 사랑하고 그 여성의 진심을 헤아린다면 약간의 변화는 기대할 수 있다.

　　"나는 번번이 당신이 아무런 결정을 내리지 않아 피곤하고 가끔은 아주 스트레스를 받아요. 나를 좋아한다면 나와 같이 가고 싶은 곳, 내가 행복해할 일을 조금이라도 먼저 생각해봤으면 좋겠어요."

　　"나는 당신이 친구에게 호의를 베푸는 마음은 칭찬해주고 싶은데 그들이 그 호의를 이용해 당신을 호구로 만드는 것은 용납할 수가 없어요. 가장 중요한 것은 당신이고, 우정도 당신이 있어야 가능한 거예요."

　　"지금 직장 그만두고 공무원 시험을 칠까, 회계사 자격증을 딸까 고민하는데, 유망한 직업보다는 당신의 가슴이 뛰는 일을 찾아요. 다른 사람의 조언보다 마음에서 우러나오는 내면의 소리를 좀 귀 기울여 들어봐요. 당신이 행복해야 나도 행복하니까요."

　　이런 이야기들을 해줘서 조금이라도 변화가 생긴다면 그와의 관계를 더욱 깊게 발전시켜도 좋다. 내 주변에 심약한 남편을 대신해 부인이 악역을 도맡으며 단호한 결정을 내려 주변의 좀비들을 없애고 탄탄한 가정과 번듯한 재산을 이룬 경우도 있다.

　　그러나 우유부단함의 정도가 '심각'하다면 잘 생각해보렴. 우유부단한 남자와 헤어진 이들은 한결같이 "투자 가치도 없는 주식 종목을 만지작거리느라 그 아름다운 청춘을 고뇌와 답답함으로 허비한 게 너무 아깝지만 그래도 결혼 안 한 것만도 다행이다"라고 한다. 결혼한 이들은 "결혼 후에도 더 나빠지면 나빠졌지 개선되지는 않는다"고 입을 모은다. 우유부단한 남자는 과거 여자들이나 현재 자기를 좋아하는 여자들과의 관계 정리를 잘 못해 본의 아니게(?) 여자관계가 복잡해져 바람둥이로 발전하기도 한다. 또 친구나 가족의 부탁을 거절 못해 수시로 보증이나 투자 문제로 집안경제를 풍비박산 나게 하기도 하고, 시골에서 올라온 조카 등을 모두 떠맡아 하숙집을 만들어버리기도 한다.

너도 애매함으로 남자를 헷갈리게 하지 마라
물론 네 자신도 우유부단한 점이 없는지 생각해보는 게 좋겠지.
넌 과연 모든 결정을 주도적으로 잘 내리는지. 그 결정이 온전히 네 판단과 취향인지 혹은 주변 사람들의 의견에 휘둘리거나 유행에 따라 내린 결정은 아닌지. 그래서 남들의 권유로 산 옷이나 가방, 물건이 정작 네 마음에 안 들어 후회하지는 않는지. "오빠가 알아서 해" "자기가 정해"라며 남자친구에게 모든 결정을 맡기는 응석쟁이는 아닌지. 정작 그 남자가 결정을 하면 "난 그건 별로야" "여긴 싫은데"라며 딴지를 건 적은 없는지. 그 사람을 좋아한다면서 수시로 다른 남자와 비교하며 양다리를 걸치거나 끈을 놓지 않고 흔한 말로 어장관리를 하진 않았는지. 나중에 헤어질 것을 미리 예감하고 좋아한다는 말을 못하거나 사랑한다는 말을 아끼진 않는지. 그 사람을 좋아하긴 하면서도 조건이나 집안, 외모 등등이 별로면 친구들에게도 공개하기를 꺼리게 되는지. 혹은 그 사람의 성격이나 태도가 별로인데도 그 사람의 화려한 조건 때문에 그럭저럭 만나는 것은 아닌지. 또 그 사람이 '네 외모나 직업이 마음에 안 든다'는 말에 성형수술을 하고 적성에도 안 맞는 직업으로 바꾸려는 어리석은 짓을 하지 않는지.

만약 그렇다면, 그 사람이 너의 애매하고 불투명하고 우유부단한 성격과 뭐든 쉽게 결정을 내리지 못하는 습관 때문에 얼마나 스트레스 받고 심지어 피가 마르는지를 한번 잘 생각해보렴. 세상에는 우유부단한 남자보다 자신이 여자라는 이유로 모든 선택과 결정과 책임을 남자에게만 미루는 미성숙한 여자들이 더 많단다. 우선 네 자신부터 신중하게 생각해서 바른 선택을 하는 훈련을 하기를 바란다. 그것이 네 인생을 풍성하게 하고 서로 사랑하는 사람과의 관계를 해피엔딩으로 이르게 하는 것이다.


어쨌든 딸아. 네가 사랑에 빠지기 전이라면 그에게 수시로 질문을 해보고, 그의 성격을 잘 파악하렴. 너를 사랑하기는커녕 진지하게 대하지도 않고 자기가 지금 사랑을 하는지조차 잘 모르는 남자 때문에 네 인생이 휘둘릴 이유는 없다.

처음에 시작할 때야 그 사랑의 열정을 네가 주도하면 된다고 생각하겠지만, 그것도 어느 시점 지치게 되는 순간이 온단다. 두 사람의 연애에 적극적으로 뛰어들지 않는 사람이라면 너의 소중한 사랑을 받을 만한 자격이 없는 사람이다.

때로는 칼을 든 괴한보다 우아하고 부드러운 성격의 햄릿 왕자가 널 더 아프게 하고 죽을 만큼 괴롭힌다는 것을 잊지 말아라.

## 무심한 남자가
## 지금은 멋있어 보일 거야

얼마 전 시청자들이 직접 출연해 고민을 털어놓는 〈안녕하세요〉란 프로그램에 '남자친구가 하루에 뽀뽀를 수백 번 하는 것이 고민'이라는 여자가 등장했다. 그 남자친구는 방청석에서 여자친구가 너무 사랑스럽다는 표정을 짓고 있었고 기념일을 잘 챙기고 수시로 선물을 한다고 했다. 길을 가다가도 밥을 먹다가도 수도 없이 뽀뽀를 하는 남자친구 때문에 힘들다는 그녀에게 패널들은 대부분 "고민은 무슨 고민이냐, 오히려 부럽다"는 반응을 보였다. 그런데 정작 주인공은 진심으로 난감한 표정을 지으며 이렇게 말했다.

"뽀뽀나 애정 표현을 너무 많이 하는 게 고민이 아니에요. 오빠를 만나서 '오늘 이런저런 일 때문에 속상했다'고 말하는데도 내가 한 말은 안 듣고 무조건 뽀뽀만 하려고 합니다. 나중에 물어보면 내가 무슨 이야기를 했는지 못 들었대요. 제가 생각하는 것이나 고민거리 등 제 문제엔 관심이 없고 뽀뽀만 하려 하니 속상해요."

남들이 보기엔 이렇게 사랑이 넘치고 애정 표현이 풍성해도 상대방은 너무 무심하다고 서운해한다. 그녀가 확인받고 싶은 사랑은 넘치는 뽀뽀 세례가 아니라 그녀의 말을 잘 들어주고, 기분을 살펴주는 것이다. 아마 대부분의 여성들이 그런 마음일 게다.

### 공감과 배려의 기본을 아는 남자여야 한다

딸아. 근사한 남자보다 친절한 남자를 만나라. '친절'의 기본은 관심을 가져주고 네 말을 차분히 들어주는 것이란다. 유치원 아이들조차 다 아는 이 친절의 기본을 모르는 남자들이 너무나 많다. 때로는 감정 표현을 절제하고, 매사 쿨하거나 시크해 보이는 무심한 남자에게 여자들은 이끌린다. 하지만 이 '무심'의 정체를 제대로 파악해야 한다. 흔히 프랑스 파리의 멋쟁이들의 패션을 '무심한 듯 시크하게'라고 표현한다. 그러나 무심해 보여도 자신이나 분위기에 어울리는 옷차림처럼 보이는 것은 수십 년을 입어봐서 몸에 밴 패션감각 덕분이다. 어마어마하게 오랜 동안 고심하고 신경 쓰고 시행착오를 거친 끝에 나온 무심함이다. 그러나 가짜 무심함은 처음에는 잠시 매력적으로 보여도 나중에는 그 쿨함에 온몸과 마음이 얼어붙고 만다.

우선 무심하거나 무정한 남자들의 특징을 알아보자.

- 그 사람이 무슨 생각을 하는지 모르겠다.
- 만나도 별로 말을 하지 않는다.
- 약속시간에 상습적으로 늦는다.
- 미안하다는 말도 절대 하지 않는다.
- 외모나 성격 등을 칭찬해준 적이 거의 없다.
- 받는 것을 너무 당연히 여기면서 감사할 줄을 모른다.
- 상대의 결점은 조목조목 짚으면서 자신의 결점에 대해서는 전혀 모른다.
- 기념일이나 생일을 잘 챙겨주지 않는다.
- 아프다거나 위급한 상황에도 신속히 달려오지 않는다.
- 끊임없이 헤어진 여자친구의 이야기를 한다.
- 툭하면 헤어지자, 내 곁을 떠나도 좋다란 말을 한다.

내가 내 남편이자 네 아빠에게 가장 실망스러운 점, 가장 화가 나는 점은 그 놀라운(?) 무심함이다. 맞선본 지 두 달 만에 갑자기 한 결혼이라 요즘 말로 '애정애정'한 데이트나 달달한 이벤트는 경험할 시간도 없었다. 제주도에 신혼여행 가서도 자기 입맛에 맞는 생선회만 삼시세끼를 질리지도 않고 먹더라. 난 그전까지는 전혀 회를 안 먹었단다.

신혼 초에도 발렌타인데이나 화이트데이 등은 챙겨준 적이 없다. 사탕 선물이라고는 언젠가 고깃집에 갔다가 카운터에 있는 누룽지사탕인지 박하사탕인지를 한 줌 쥐어 전해준 게 전부였다. '그런 무슨무슨 데이는 다 장사꾼들이 상술로 만든 가짜 행사인데 바보같이 휩쓸리면 안 된다'고 정색을 한다.

결혼 2주년이 되는 해, 나의 서른 살 생일. 난 장미꽃 서른 송이나 반지나 목걸이 등의 선물을 기대했단다. 내 짧고 굵은 목에 진주목걸이를 뒤에서 걸어주는 것까지는 아니어도 그래도 뭔가 반짝이는 선물이 있지 않을까 하는…. 그런데 정작 그날, 네 아빠는 주머니에서 주섬주섬 회충약을 꺼내며 "서른 살까지는 미모로 살지만 그 후로는 건강이 최고다. 이거 한 알만 먹으면 회충, 요충, 십이지장충 다 없어진단다"라는 설명을 덧붙였다. (그날의 충격이 너무 커서 어느 잡지에 글로 썼는데 어떤 사람이 각색해서 라디오 사연으로 올려 상품까지 탔더구나.)

이런 어이없는 유머감각에 넘어가서 결혼도 하고 지금껏 살고 있는데 갈수록 내가 너무 한심한 것 같다. 거듭 강조하지만 이 무심함이 하루아침에 바뀔 확률은 거의 없다.

엄청나게 건강한 데다 장수 유전자를 갖고 태어난 네 아빠는 '소화가 안 된다' '어깨가 쑤시고 결린다' 등의 고통과 의미를 전혀 모른다. 옆에서 아무리 끙끙 앓아도 태연히 텔레비전을 본다. 나의 신음소리도 안 들리고 경비 아저씨는 알아본 팽한 안색도 안 보인다. 참다 참다 "너무 아파"라고 하면 "약 먹어" 혹은 "병원 가봐" "그 정도로는 안 죽어"란 말을 한다. 그러곤 식사 무렵이면 간단히 질문을 던진다. "밥은?" 물론 내 밥이 아니라 자기가 먹을 밥이다. 그럴 때마다 돌아가신 시부모님, 즉 네 친할아버지를 원망하게 된다. 타인에게 무심하다는 것은 자기애가 너무 강하다는 증거다. 사랑은 상대의 마음을 읽는 것이 시작인데 사랑의 기본을 모르는 게 아닐까. 어쩌면 저렇게 공감력이나 배려심을 길러주지 못했을까. 그리고 대책 없이 오래 살게만 한 걸까.

어느 날, 이 자료를 보고 '세상에 원숭이나 동물도 공감력이 있는데…'라는 탄식이 흘러나왔단다.

인지심리학자 마크 하우저는 붉은털원숭이들에게 손잡이를 당기면 맛있는 먹이가 나온다는 학습을 시켰다. 손잡이를 당기면 먹이도 나오지만 다른 우리 안에 넣어 둔 다른 붉은털원숭이가 전기 충격을 받는 모습을 보게 했다. 붉은털원숭이들의 선택은 무엇이었을까. 최소 5일부터 최대 15일까지 손잡이를 당기지 않았다. 동료 원숭이에게 고통을 주느니 차라리 굶어 죽기로 작정을 한 것이다. 네덜란드 출신의 세계적인 영장류 학자인 프란스 드 발 미국 에모리대 심리학과 석좌교수는 침팬지 집단에서 싸움이 일어나면 일방적으로 공격당한 쪽을 위로해 주는 집단이 나타난다는 사실을 밝혀냈다. '아프냐? 나도 아프다'가 사실로 밝혀진 것인데 이런 능력은 뇌 속의 거울신경세포라는 존재 덕분이다. 드 발 교수는 추가로 침팬지가 털 고르기와 같은 서비스를 제공해 준 친구에게 감사의 선물을 주는데, 둘 사이에 시간차가 있다는 발견도 했다.

## 달달한 말이 아니라 진심어린 말이 중요하다

세상엔 침팬지보다 못한 남자들 때문에 속앓이를 하는 여성들이 의

외로 많다.

"전 20대 후반이고 남자친구는 30대 초반입니다. 이제 만난 지 5개월째라 다른 연인들 같으면 가장 뜨겁고 알콩달콩한 시간을 보내야 할 때인데 제 마음은 점점 빙하기로 변해가는 것 같아요. 한두 달 정도는 전화도 잘하고 문자도 주고받고 주말마다 만나고 영화도 보고 남들처럼 데이트를 했습니다. 그런데 100일이 지날 무렵부터 100년쯤 사귄 사람처럼 무덤덤하기 짝이 없어졌어요. 전화도 잘 안 하고 전화 걸면 '무슨 일 있어?'라고 사무적으로 받고, 주말엔 피곤하다거나 다른 모임이 있다고 하고…. 그래서 '왜 이렇게 차갑게 변했냐, 내가 싫냐, 다른 여자가 생겼냐'라고 물어보니까 아니래요. 자긴 여전히 나를 좋아하고 마음에 변화가 없답니다. 그러면서 자기는 가만 놔둬야 잘하지 이렇게 따지고 닦달하면 더 멀리 도망가고 싶어진다네요. 문득 이 남자가 잠자리를 한 후에 나를 너무 쉽게 여기는 것은 아닌가란 자괴감까지 들었어요. 사랑받고 싶고 인정받고 싶고 '그냥 목소리 듣고 싶어 전화했어'란 말을 듣고 싶어요. 그런 욕심이 지나친 건가요? 겨우 5개월 사귄 사이에 만나도 별 대화가 없어요. 그런 이야기를 하면 '난 천성적으로 표현력이 부족한 사람이니 네가 이해해'란 말만 합니다. 정말 답답해 미치겠어요."

하루 세 마디도 안 하는 남자들이 있다. 침묵은 금이라고 철석같이 믿고 사는 남자들이 있다. 과거엔 이런 남자들을 과묵하다, 점잖다, 속 깊다, 우직하다 등등으로 근사하게 포장했다. 하지만 지금은 표현력이 떨어지거나 어휘력이 부족한 남자, 애인이나 아내와 가족의 속을 터지게 만드는 주범으로 불러야 한다. 사랑은 마음만이 아니라 말과 온몸으로 표현할수록 더 커지는 것인데 도대체 어느 교과서로 공부했기에 말문을 닫는 법을 배웠는지 모르겠다.

교제할 때는 괜히 출싹거리고 변덕이 죽 끓듯 하는 남자들보다 진중해 보여 이끌리지만 결국 대화의 단절은 서로의 마음을 닫게 만든다. 사실 표현을 잘 못하는 남자의 말로가 더 비참해진다. 말년에 가족 사이에서 왕따가 되고 독거노인이 된 이들이 대부분 이런 유형들이다. 돈도 체력도 소요되지 않는 그 몇 마디를 아꼈다가 무슨 큰 과업을 이뤘다는 사람은 본 적이 없다.

물론 감정 표현에 능숙한 여자들에 비해 남자들이 이런 부분에서 약하긴 하다. 대부분 어떨 때 어떤 말을 해야 하는지, 어떤 어휘와 문장을 골라야 하는지 잘 모른다. 그러나 중요한 건 무슨 달달하고 멋있는 말을 해줘야 한다는 게 아니다. 여자가 한 말에 얼마나 관심을 기울이느냐, 말할 때 진심을 담으려 하느냐가 보여야 한다는 것이다.

무엇보다 '고마워' '미안해'라는 말을 거의 하지 않거나 할 줄 모르는 남자는 정말 곤란하다. 감사함과 미안함은 인간이 할 수 있는 말 가운데 가장 기본이면서도 놀라운 힘을 발휘하는데 어떻게 그런 단어를 상실했는지 안쓰러울 정도다. 감성과 연민을 엄중히 경계해야 하는 법관들도 요즘은 감수성 훈련도 받고 왕이나 지도자들도 국민에게 감사하다고, 송구하다고 머리를 조아리는데 말이다.

네가 원하는 것을 먼저 표현하는 것도 방법이다

기념일을 잘 못 챙기는 남자의 경우엔 무심함일 수도 있고 소신일 수도 있고 기억력이 나빠서일 수도 있다. 기념일에 큰 의미나 뜻을 두지 않아도 평소 다른 면에는 신경을 써주거나 유머감각이건 성실함이건 장점이 많다면 네가 이해하고 포용해야 할 문제다. 그리고 솔직하게 "난 기념일에 선물은 아니어도 특별한 장소에서 로맨틱한 식사라도 하고 싶다"라고 네 생각을 확실히 말하면 된다.

360일 무신경하다가 기념일에만 선물을 툭 던져주는 것도 문제 아니겠니? 그리고 연애시절이나 신혼 때 기념일, 생일을 안 챙겨주던 남자가 결혼 후 타의에 의해서 바뀌기도 한다. 카드사 등에서 결혼기념일 등을 챙겨주고 아이들이 자라면 이벤트를 강요하기 때문이다. 뭐 15년 정도 걸리니 인내심을 좀 기르면 될 것 같다. 물론 그사이에 너무 참아서 사리가 생길지도 모른다만….

만약 남자가 그저 표현이 서툴고 여자와 사귄 경험이 별로 없다면 여성 심리를 담은 영화나 연극, 소설을 같이 보거나 권하는 것도 도움이 될 수 있다. 특히 러시아 작가들의 작품이 도움이 될 게다. 안톤 체홉은 《귀여운 여인》이란 소설 등에서 연약한 여성 심리를 잘 묘사했다. 〈체홉, 여자를 읽다〉란 옴니버스 연극에서는 무심한 남자, 무정한 남자들 때문에 고통스러워하는 여성들의 이야기를 잘 다뤘다. 외모도 성격도 국적도 다른 여자들이지만 세상의 모든 여자들에게는 공통적인 욕망이 있다. 누군가에게 사랑받고 싶고, 사랑하고 싶다는 마음이 그

것이다. 〈체홉, 여자를 읽다〉는 이러한 욕망들을 해소하지 못한 슬픈 여성들의 이야기를 즐겁게 풀어냈다.

안톤 체홉의 단편에서 모티브를 얻어 만든 〈윈터슬립〉은 2014년 칸 영화제 황금종려상을 받은 영화다. 타인과의 관계를 상실하고 개인적인 상태로 철저히 고립된 인물들을 그린 연극 같은 느낌을 준다. 아무리 지성인이라도 자기 주장만 펼치고 남의 마음을 헤아리지 못하면 윈터슬립, 겨울잠에 빠져든다는 내용이고 특히 부부 사이의 의사소통의 중요함을 일깨워준다.

이런 소설이나 연극, 영화 등을 통해 조금이라도 심리공부가 된다면 앞으로 미래가 있다. 하지만 본질적으로 무심한 사람들은 대개 그런 책이나 영화를 잘 보려하지 않는 게 문제다.

딸아. 이런 무심한 남자에게 너무 목마른 아이가 물을 달라는 듯이 보채지 말아라. 여자가 남자에게 더 아껴주기를 바라면 바랄수록 남자는 '나 아니면 어쩔 거야?'라는 태도를 지속해 나갈 수 있고 주도권이 남자에게 넘어갈 수도 있기 때문이다. 그래서 좀 독한 마음을 먹고 무심한 듯이 대해보거나 남자와 진지하고 허심탄회하게 대화를 나누어보기 바란다. 물론 순식간에 변하지는 않겠지만 다른 장점이 많다면 인내심을 갖고 시도해보렴.

또 남자친구나 애인이 너를 칭찬하지 않는다면 네가 칭찬하는 사람의 역할 모델을 해야 한다. 칭찬을 받고 싶다면 먼저 그를 칭찬해주란 말이다. 여자들은 사회화 과정에서 칭찬하기를 자연스럽게 체득한다. 매일 만나는 친구들 사이에서도 볼 때마다 "어머어머, 너 정말 예뻐졌다" "어쩜, 이 옷 새로 산 거구나? 잘 어울린다" 등의 칭찬을 어찌 보면 지나칠 정도로 자주 한다. 반면 남자들 중에는 남을 칭찬하는 일을 쑥스러워하고 마치 야비한 아첨처럼 여기는 이들도 있다. 남자친구끼리 만났을 때 "자식, 너 이렇게 자꾸 멋져지면 조인성이 은퇴해야 할 거야"란 말을 하는 건 〈개그 콘서트〉의 '니글니글' 같은 코미디 소재일 뿐이다.

다만 칭찬하기를 가르칠 때는 주의해야할 점이 있다. 네가 진심으로 느끼는 것만 말해야 하며 일부러 말을 조작하거나 지나치게 간단히 말하면 안 된다. 남자는 이런 유형의 의사소통 방식을 잘 모르니 칭찬할 때 사용하는 단어들과 심지어 그의 감정을 표현하는 단어들까지 알려줘야 할 때도 있다.


그런데 혼자만 애써 노력하진 말길 바란다. 누군가에게, 특히 애인에게 예쁨 받고 사랑받는다는 느낌을 받고 직접 말로 확인하면 자존감이 상승하게 된다. 사랑을 하면 예뻐진다는 것은 사랑하는 네 마음 덕이기도 하지만 그 사랑이 홀로 외롭게 부르는 솔로 노래가 아니라 아름다운 화음의 듀엣이어서다. 그런데 그 아름다운 시절에, 마땅히 들어야 할 '사랑해' '고마워' '아름다워'란 말을 못 듣는 것은 꽃밭을 갈 수도 있는데 황량한 벌판을 가는 것과 같다. 구차해지고 초라해진다. 답장이 없는 연애편지, 응답 없는 기도를 왜 너 혼자만 해야 하니? 말을 안 하고 표현도 못하는 그 사람을 묵묵히 지켜준 너를 마음속으로라도 감사하기보다는 '난 멋진 남자니까 당연한 거다'라고 오만해지는 남자들이 많다. 그런 남자가 너를 위해 어떤 헌신과 희생을 하겠니. 그런 남자를 경험한 선배들은 입 모아 말한다. 그만하면 됐다고….

더욱 슬픈 것은 다정한 말을 하기는커녕, 사랑의 표현을 요구하는 여자친구에게 화를 내거나 비난하는 남자들도 있다는 사실이다. 그런 남자의 심리에 대해 미국의 정신과전문의이며《까다로운 남자 사랑하기》란 책의 저자인 낸시 굿은 이런 진단을 내리니 참고하기 바란다.

감정표현에 인색한 남자, 그는 당신을 비난하는 것이 아니라 자신의 감정을 감추고 싶을 뿐이다. '날 조정하려 들지 마' '멋지다는 말이 듣고 싶어? 나보고 거짓말을 하라는 거야?' '내가 언제 사랑한다고 했어? 우리는 그냥 같이 즐기는 사이일 뿐이야' 이렇게 말하는 남자는 지금 불안하고 자신이 조종받고 있다고 느끼며 대책이 서지 않을 정도로 자신에 대해 옹색하고 자신의 욕구에 어쩔 줄 모른다. 그러면서도 이런 사실을 아무도 모르길 바라고 있다. 그리고 자신이 한 수 위에 있기를 원한다. 하지만 더 이상 이런 핑계들을 들어주어서는 안 된다. 문제가 있는 사람은 당신이 아니라 바로 그 남자다.

## 자신의 잘못을 납득하지 못하는 남자라면
무심함이 꼭 말이 없음은 아니다. 그 사람이 아무 생각 없이 툭툭 던지는 말은 때론 비수가 된다. '내가 이런 말을 하면 저 사람 마음은 어떨까'에 대한 개념이 전혀 없는 남자들이 꽤 많다.

내가 아는 캐리어우먼, 정말 야무진 한 여성은 뒤늦게 사랑에 빠졌다. 남자가 주변에 소문난 바람둥이였는데도 자기를 만나고 개과천선했다며 걱정 말라고 했다. 그런데 정작 그 여성의 고민은 현재의 여자가 아니라 과거의 여자들, 아니 그 남자의 무심한 태도 때문이었단다.

"과거에 여자관계가 복잡했다는 것은 알았지만 제가 마지막 여자가 되면 된다는 생각에 적극적으로 구애하는 그와 교제를 시작했어요. 아는 것도 많고, 다정다감하고, 기념일도 잘 챙겨주는 이렇게 멋진 남자니까 여자들이 줄줄 따르는 것은 당연하다 싶었고 최후의 승자가 된 뿌듯함까지 느꼈습니다. 그런데 이 남자, 정말 만날 때마다 전에 만났던 여자친구 이야기를 꺼내요. '미영이란 애는 딸기를 참 좋아했는데' '그때 미숙이가 자기 엄마 다이아몬드 반지를 전당포에 맡긴 돈으로 일본여행을 다녀왔다니까' '아, 맞다. 이 동네는 대학교 때 나한테 미쳤던 미리가 살던 덴데' 등등 무슨 음식을 먹다가도, 어떤 물건을 보다가도, 여행을 할 때도 과거 여자친구와의 추억과 인연을 아무렇지도 않게 말합니다. 물론 나도 만난 적이 없는 과거의 여자들일 뿐이지만 나에 대한 무례함에 화가 납니다.

몇 번 참다가 '대체 왜 항상 옛 여친 이야기를 늘어놓느냐. 듣는 내 기분이 어떨지는 생각 안 해봤느냐. 난 기분 나쁘고 비교당하는 것 같아 화가 난다'고 말했어요. 그랬더니 '난 그냥 옛날이야기를 한 거야.

스토리텔링 시대잖아. 그리고 그 여자들 이젠 안 만나는데 무슨 상관이야'라고 대수롭지 않게 굴더군요. 솔직히 그를 만날 때마다 과거 여자들의 유령들이 둥둥 떠다니는 느낌이 들어요. 제가 최후의 여자가 된들 무슨 소용이 있을까 싶어 결국 헤어졌어요. 속이 후련하면서도 문득 어느 여자를 만나 제 이야기를 떠들 걸 생각하면 아직도 화가 나요."

이처럼 과거 여자들 이야기를 마치 우승 트로피나 콜렉션 품목처럼 떠드는 남자, 무심함의 절정이 아닐까. 자신이 무얼 잘못했는지조차 의식하지 못하니 말이다. 죄의식조차 없는 사람을 네가 교화시켜서 얻는 것이 참사랑일까. 이런 무심한 남자들은 결혼 후에 더욱 더 아내의 가슴을 아프게 한단다.

"연애할 때는 왜 그의 무심함이 과묵함으로 보였을까요. 왜 그의 무정함이 더 저를 달아오르게 만들었을까요. 제가 매달리다시피 해서 결혼했으니 당연히 남편이 갑이고 저는 을이에요. 게다가 저는 외동딸에 친구도 별로 없어 남편만 의지하고 살아요. 남편은 어릴 때 부모와 이혼 후 아버지와 살았답니다. 무뚝뚝하고 감정 표현도 없는 아버지 밑에서 자랐으니 그 역시 그런 성격일 수밖에요. 무심코 '우리 아버지는 내가 몇 학년인지도 몰랐던 것 같다. 한번은 일주일은 가출했다 돌아왔는데도 아무 말도 안 하더라'란 말을 한 적이 있어요. 그럼 자기는 전혀 다른, 다정다감한 아버지가 되어야 하는 거 아닌가요. 야근을 하거나 외박을 해도 예고전화는커녕 제가 거는 전화도 안 받아요.

더 속상하고 슬픈 건 자식에게도 무심해요. '아빠' 하고 달려가도 '어, 어'라고 대충 인사만 하고 놀아주지도 않아요. 언젠가 아이가 밤에 열이 펄펄 끓고 너무 아파하기에 남편에게 몇 번이나 전화를 걸었는데도 안 받았어요. 혼자 응급실로 가서 치료를 받고 돌아오는데 남편에 대한 원망감에 치가 떨리더라고요. 새벽에 돌아온 남편에게 상황을 설명하니 '엄마가 데려가면 됐지, 꼭 부모가 같이 가야 열이 내리냐. 난 거래처 사장이 부친상을 당해 거기서 밤새 사역했다, 너희들 먹여살리려고. 그만 징징거려'라고 합디다. 그런 남자와 살다보니 우울증으로 병원도 다녔어요. 하루에도 몇 번씩 이혼을 생각하는데 친정부모님 얼굴이 떠오르고, 아이에게 미안하고…. '이혼하자'고 했더니 '그래 헤어져. 나도 피곤해'라고 하더군요. 결국 이혼이 정답일까요?"

사실 남성들에게 공감 능력을 강조할 필요가 있다. 여성을 위해서가 아니라 남성들 자신을 위해서다.

미국 펜실베니아주 올브라이트대 수잔 휴그스 교수 연구팀이 사랑을 나눈 뒤에 남녀 행동의 차이를 관찰했다. 사랑을 나눈 시간이 길든 짧든 여자는 계속 상대의 사랑을 확인하고 싶어해 포옹이나 입맞춤으로 이를 표현하길 원했지만 남자는 실망스러운 행동을 하기 일쑤였다. 바로 직전의 사랑스러운 행동은 오간 데 없이 담배를 피우거나 음료를 마시는 등 전혀 다른 일에 관심을 옮겨 여성들을 곤혹스럽게 한 것으로 드러났다. 연구팀은 "여자가 사랑을 나눈 후에도 포옹과 키스를 원하는 것은 친밀감을 충분히 표시하는 남자일수록 좋은 아빠가 된다는 것을 암시하기 때문"이라고 설명했다. 두 사람의 관계를 오래 이어가기 위해서는 남성들이 여성들의 마음을 읽는 노력이 필요하다는 것을 이 연구결과가 보여주고 있다. 가장 아름다운 몸과 마음의 교감인 사랑을 마치 배설이나 스포츠 게임처럼 여기는 남자들에게 여성들의 지순한 사랑이 무슨 의미가 있을까.

또 이런 무심남 때문에 고통을 받으면 무력증이나 우울증에 걸려 친구들과의 관계마저 소원해지기 쉽다. 사랑하는 사람이 친구의 자리를 대신할 수는 없다. 네게는 마음의 고민을 들어주고 꾸미지 않은 너를 알아줄 친구들도 필요하다. 여자들이 공감을 필요로 할 때 남자들은 마치 감정이라는 유전인자가 빠진 것처럼 행동할 때가 많다. 네가 사랑하는 남자가 있다는 이유로 친구들과 잘 만나지 않거나 지원네트워크를 포기하거나 차단시키는 것은 아주 위험한 일이 된단다.

네 감정도 상대의 감정도 모두 소중하단다

그리고 그 무심남을 반면교사 삼아 네 자신의 언행도 한번 냉정히 따져보자.

네 감정에만 충실해 그의 감정은 헤아리지 않는 것은 아닌지. 네 푸념은 늘어놓으면서 그의 푸념을 흘려듣지는 않는지. 그의 표정이나 말 한마디를 유심히 보고 행간을 읽으려는 노력은 해보았는지. 수시로 '내 친구 남자친구는 생일 선물로 뭘 줬다' '사촌형부는 1,000일 기념 이벤트를 이렇게 했다' 등 다른 남자들과 비교하지는 않는지. 심지어 과거 남자친구들과의 이야기를 아무렇지도 않게 게다가 자랑스럽게 늘어놓은 적은 없는지. '생일 선물로 옷을 받고 싶다' '약속에 늦을 때나 급한 일이 있을 때는 꼭 미리 알려줘' 등 정확하고 분명하게 표현하지 않고 '약속을 우습게 여기는 너는 참 나쁜 인간이다' '이번에도 생일 선물은 없는 거야?' 등 신경질만 낸 것은 아닌지. 그의 무심함에 짜증이 나고 그가 과격한 언어를 사용한다고 네가 더 과격한 말폭탄을 던진 것은 아닌지. '아, 당신 부모가 그런 사람들이니 이런 자식을 낳았겠지' 등 그의 뿌리와 자존심을 짓밟는 말을 하지는 않았는지. 남자친구와 만나도 재미없다며 다른 모임에 더 자주 참여하며 남자친구가 싫다는 클럽 출입, 과음을 한 적은 없는지. 귀찮거나 토라지면 휴대폰도 끄고 수시로 잠수를 타는 것은 아닌지….

알고 보면 승진 시험에 떨어져 좌절한 남자, 혹은 집안에 힘든 일이 생긴 남자에게 "오빠, 내 선물 안 사줘?"라고 철없는 말을 하거나, 자신의 힘든 상황을 설명하려 해도 "몰라 몰라, 난 그런 이야기 들어도 이해 못해. 고민은 오빠 혼자 해"라고 자기 기분만 고집하는 대책 없는 여자들도 허다하다.

어때? 얘기 들으니 이런 여자도 참 별로지?


네가 건강하고 건전한 사고를 갖고 있고 건강한 사랑을 하고 싶다면 무심한 남자는 살짝 맛만 보는 정도, 예고편만 보는 것이 좋은 것 같다. 네 아름다운 청춘을 이런 '푸대접'을 받으며 연애를 한다고 그게 진정한 포용력이나 사랑이 아니다. 상대에게 정성을 다하고 마음을 줄수록 슬퍼지고 힘든 게 사랑은 아니다.

그리고 평소에 너부터 할 말이나 감정표현을 제대로 하는 훈련을 해라. 감정표현을 정직하게 하지 않고 억누르면 마음속에 감정이 쌓이고 쌓여 둔화된다. 늘 네 감정을 아닌 척 참고 있으면 상대의 감정조차 제대로 느낄 수가 없게 된다. 네 마음, 네 생각, 네 기분, 네 몸에서 일어나는 변화를 수시로 온몸과 마음으로 느끼고 말로 정확하게 표현하는 것이 소통과 공감을 잘하는 방법이다.

수시로 "아, 이 커피 향기 진짜 좋다" "오늘 수트, 참 근사하다" "꽃을 선물해줘서 너무 감동이다" "숲에 오니까 정말 행복하다" "나는 네가 이런 말을 하면 슬퍼진다" "약속 시간 30분 전에 못 온다고 해서 너무 화가 났다" 등의 말을 네 스스로에게 또 상대에게 자연스럽게 해버릇해라.

나한테 무심하면 안 되는 사람은 먼저 나 자신이다. 네가 네 자신에게 무심한 사람은 아닌지 살펴보렴. 남보다 네 자신에게 가장 자주 관심을 가져주고 다독여줘라. 네 자신에게 무정한 것이 제일 바보스러운 일이다.

## 자신의 능력을
## 스스로 키워나가는 사람인지 보렴

엄마가 레오나르도 디카프리오 팬인 거 알지? 요즘 파파라치에게 찍힌 사진을 보면 항상 비슷비슷한 얼굴과 몸매의 어린 모델 출신과 다니는 똥배가 나온 중년아저씨이지만 어릴 때부터 그의 탁월한 연기에 반해 그의 출연작들은 대부분 봤단다. 그런데 〈더 울프 오브 월 스트리트〉〈캐치 미 이프 유 캔〉〈위대한 개츠비〉 등등 레오나르도 디카프리오가 주연을 맡은 일련의 영화들은 모두 욕망이 이글거리는 남성상을 그렸더구나.

월 스트리트에서 증권회사를 설립해 억만장자가 됐지만 주가 조작 등 사기행각이 드러나 사법처벌을 받은 실존 인물 조던 벨포트의 실화를 다룬 〈더 울프 오브 월 스트리트〉는 월 스트리트가 무대이지만 증권보다는 섹스와 마약이 더 자주 등장한다. 결혼도 했는데 정작 아내나 가족은 잘 보이지 않는다. 〈캐치 미 이프 유 캔〉 역시 학벌과 경력을 다 속이며 주변을 농락하는 남성의 실화를 다뤘고, 〈위대한 개츠비〉는 자신이 사랑한 여성 앞에 화려하게 부활하기 위해 온갖 술수를 써서 부를 축적하지만 결국 파멸에 이르는 남자가 주인공이다.

물론 이런 남자들은 태고 때부터 존재했다. 제우스를 비롯한 신들도 얼마나 뻥이 세고 허풍쟁이인지 모른다. 야망 때문에 자신의 삶까지 파멸한 가장 대표적인 인물이 스탕달의 《적과 흑》이란 작품 속 주인공 줄리앙 소렐이다. 줄리앙 소렐이란 이름은 야망에 불타는 남자의 대명사로 불린다.

재능은 뛰어났지만 철저한 계급사회의 벽에 부딪쳐 답답해하던 가난한 청년 줄리앙 소렐은 상류층에 대한 열망과 열등감에 사로잡혀 어느 귀족부인을 교묘히 유혹하여 정복함으로써 비틀린 성취감을 채운다. 또 종교엔 관심도 없으면서 당시로선 하류계급이 출세할 수 있는 유일한 길이 종교인의 길이기에 신학교에 들어가며 신분세탁을 한다. 어느 날 신학교 교장의 추천으로 어느 후작의 비서로 들어가 후작의 딸과 사랑을 나눈다. 후작의 딸은 권태로운 귀족들과는 다른, 열정적이고 지성적인 남자에게 끌린다. 줄리앙과의 결혼을 고집하는 딸에게 후작은 가짜 귀족 신분을 마련해주려 한다. 품행만 괜찮다면 딸을 내주어도 좋을 만큼 줄리앙이 영리하고 도움이 되는 인물이라는 판단에서다.

그토록 꿈꾸던 신분상승의 꿈이 눈앞에 펼쳐질 무렵, 과거에 그가 유혹했던 귀족부인과의 스캔들이 후작에게 들통 나 모든 것을 잃게 된다. 극도의 공황에 빠져 분노의 화살을 스캔들의 주인공 귀족부인에게 돌린다. '그 여자가 내 출세의 길을 막았구나'라고 곱씹으면서 그는 그녀를 찾아가 방아쇠를 당긴다. 결국 그 자리에서 그는 체포되고, 머지않아 짧고 불같은 삶을 단두대에서 마치게 된다.

19세기의 이야기이지만 21세기에도 줄리앙 소렐은 여전히 유효하다. 계급사회는 아니지만 분명 대한민국은 돈이나 직위로 구별 지어지는 계층 사회이고 신분상승에 대한 욕망은 누구나 있다. 겉으론 견고해 보이는 계층 간의 벽들도 뜻밖에 허술하다. 《적과 흑》은 개인 줄리앙 소렐의 야심과 욕망만이 문제가 아니라 당시 위선적인 사회상이 더 가증스러웠기 때문에 그는 많은 이들에게 경멸과 질시만이 아니라 동정도 받았다. 그러나 21세기에 이런 남자를 쉽게 동정할 수 있을까.

### 야망만 있는 남자에게 속는 여자는 안타깝다

이렇게 세상을 떠들썩하게 만들어 소설과 영화로까지 만들어진 남자들이 아니라 아주 평범하게 보이는 남자들도 욕망, 욕심, 욕구로 가득 차서 그걸 충족시킬 여성들을 호시탐탐 노리는 경우가 많다. 그리고 기꺼이 제물이 된 여성들은 그보다 더 많다.

'국제변호사로 속이고 결혼을 빙자해 10여 명의 여성들에게 돈을 갈취한 30대 남성' '보험금을 노려 애인을 살해한 남자 도피 끝에 체포' '혼수 문제로 다툼 끝에 아내를 폭행한 의사 구속' 등등 이런 기사들이 거의 날마다 매스컴에 오르내리는데도 여전히 남자들의 야심과 욕심을 구분하지 못한다.

모든 남자들이 그렇지는 않지만 남자들은 본능적으로 정의나 순정보다 욕망에 충실하다. 태어나기를 재벌 2세나 사우디 왕자로 태어나지 못했으니 자신의 노력으로 욕망을 실현하는 것이 무엇이 잘못이고 뭐가 죄인가라고 주장하기도 한다.

네가 남자를 볼 때 무조건 야망이 심해 보이는 남자를 피하라는 뜻이 아니다. 자신의 힘이 아닌 다른 편법으로 그 야망을 이루려는 조짐이 보일 때 조심하라는 뜻이란다. 연애할 때 가끔씩 슬쩍 물어볼 필요가 있다. 앞으로 자신의 꿈과 비전을 위해 어떤 방법으로 준비를 해나갈 생각인지 말이다.

오랜 기자 생활을 하면서 나는 영화나 소설의 주인공 같은 남자들과 그런 남자들에게 농락당한 여성들, 그것도 너무너무 똑똑하지만 당한 여성들을 몇 명이나 목격했다.

한 방송사 프로듀서와 같이 만났던 남자는 자신을 이렇게 소개했다. 서울대 경영학과 출신으로 미국 유학, 전 세계 100여 개국 여행, 경영 컨설턴트로 재벌 회장들에게 경제 및 경영 과외를 하고 있고, 고급 외제자동차를 몇 대 소유하고, 취미는 시계 수집, 정재계 인사들과 폭넓은 인맥을 맺고 있고, 책도 펴내고 방송 출연도 하는 등 매스컴에도 자주 오르내렸다고 말이다. 부인도 명문대 출신의 전직 외국계 은행원이라고 했다.

　나는 한 골드미스가 "그 남자가 유부남인데 자꾸 외롭다, 바쁠수록 허한 것 같다며 데이트 신청을 하는데 어떻게 거절할까"란 고민 상담을 해서 궁금증이 커졌다. 그는 주변 사람들에게 가난한 집안에서 자라 검정고시로 고교 졸업장을 따고 서울대에 진학했다고 자신의 배경을 말했다.

　그런데 그의 너무 야심에 가득 찬 태도와 지나치게 스토리텔링이 강한 이력서가 의심스러웠던 한 방송 PD가 그의 학력과 과거를 조사해 보니 모두 가짜이고 엉터리임이 밝혀졌다. 심지어 그의 부인마저 대학교 때 서울대생이라고 학벌을 속인 그와 만나 결혼, 생계를 혼자 책임지며 아이를 키워온 것으로 알려졌다. 본부인이 있지만 그는 "재테크를 도와주겠다" 등의 말로 많은 여성들의 돈도 횡령한 것으로 알려졌다. 다 똑똑한 여자들이었지만 부끄러워 고발도 하지 않은 것이다. 나중에 그 남자는 "너무 가진 것이 없고 내 힘만으로는 성공하기 어려워 거짓말을 했다"고 담담히 말했다.

　또 내가 아는 한 여성은 이런 경험이 있더구나.

　"전문직에 종사하고 4개 국어를 해서 남들은 저를 재원이라고 합니다. 세상에서 제일 존경하는 부모님의 사랑을 듬뿍 받고 자라 다들 부러워하고요. 공부를 오래했고, 부모님과 너무 사이가 좋다 보니 정작 연애 경험이 별로 없었어요. 그러다 대학 선배와 식사하는 자리에 어떤 남자가 같이 와 알게 되었어요. 선배의 고등학교 동창으로 미국에서 오래 살았다는 그 사람은 와인이나 고미술에 대한 지식도 해박해서 식사 시간이 아주 즐거웠답니다. 그 후 계속 만났는데 만날수록 취향이 비슷하고 인생관도 일치해서 번번이 놀라웠어요.

그런데 만난 지 한 달도 안 되었는데 자꾸 결혼을 하자고 하는 거예요. 제가 완벽한 이상형인데 절대 놓치기 싫고 하루도 떨어져 있고 싶지 않다면서요. 너무 갑작스러워서 시간을 갖고 생각하자고 했지만 그는 정신을 차리기 힘들 만큼 급속도로 다가왔어요. 자기는 마음의 준비가 다 되어 있고 자기 소유의 집도 있지만 제가 외동딸이니 처가살이도 할 수 있다고요. 부모님은 미국에 계신데 전화로 말씀드리니 축복하고 허락했다고 해요. 세상에 나를 이렇게 좋아해주는 사람이 있다는 것도 감격스럽고, 취향과 인생관이 같은 것도 너무 꿈같아서 결혼을 결심했습니다.

가장 먼저 중매쟁이나 다름없는 선배에게 알려주려고 만났습니다. 그 선배는 경악을 금치 못하더군요. 그 남자는 고교 후배이지만 별로 친한 사이도 아닌데 갑자기 연락이 와서 몇 번 봤답니다. 언제 미국에 갔는지 직업이 뭔지도 확실히 모른대요. 알고 보니 저를 어딘가에서 보고 제 뒷조사를 한 후에 접근한 거예요. 가족끼리 이민 가서 미국에 잠시 산 것은 맞지만 정말 엉터리 사기꾼이었어요. 하늘이 도와서 결혼 직전에 그의 정체를 알고 또 막장 드라마를 한 편 찍고 헤어졌지요."

이렇게 겉으론 똑똑하고 일에는 프로인 여자들도 남자 문제에서는 바보가 되기 쉽다. 단순히 사랑에 빠졌기 때문이라고 설명하기에는 옆에서 볼 때 한심한 경우가 많다. 문화평론가이자《이런 남자 제발 만나지 마라》란 책을 펴낸 김지용 씨는 한 인터뷰에서 이렇게 말했다.

멀쩡한 여자들이 끊임없이 '공공의 적' 같은 남자를 만나는 것이 너무나 안타깝습니다. 여자의 돈만 보고 무조건 덤비는 남자들이 얼마나 많은지 상상도 못하실 겁니다. 흔히 남자는 여자의 외모를 우선적으로 본다고 생각하지만 그건 어디까지나 본인의 재력이 출중한 경우예요. 요즘은 돈부터 따지는, 아니 돈만 보는 경우가 더 많아요. 겉보기에 소탈해 보일수록 실제로는 여자의 돈을 보고 접근할 가능성이 높습니다. 돈이 실제로 많고 적고를 떠나 '있는 집 자식' 티를 내는 것은 실속 없이 파리만 꼬이게 만드는 지름길입니다. 돈 밝히는 남자 다음으로 꼽는 나쁜 남자는 돈 문제에 깔끔하지 못한 남자죠. 부모 돈을 자기 돈이라고 생각하는 남자도 안 만나는 게 좋습니다. 돈이란 무릇 내 주머니에 들어와야 내 것이 되는 법인데 설사 유산으로 받는다고 해도 그때는 이미 나이 쉰 살이 넘은 뒤일 가능성이 크거든요. 비싼 옷, 비싼 음식, 비싼 차를 좋아하는 남자도 경계 대상이죠.

이처럼 현대에는 '리플리 증후군'의 남성들이 많다. 리플리 증후군이란 자신이 바라는 세상을 진짜라고 믿고, 현실을 부정하여 끊임없이 거짓말을 하고 행동으로 옮기는 정신병리 현상을 말한다. 여성 추리소설가 패트리샤 하이스미스의 소설《재능 있는 리플리 씨》의 주인공에서 유래한 증세다. 알랭 들롱이 주연으로 출연한〈태양은 가득히〉로 유명해졌다. 주인공 톰 리플리는 고등학교 동창이자 방탕한 부잣집 외아들 필립 그린리프를 동경하고 증오한 나머지 그를 죽여서 필립 행세를 한다. 그런데 시간이 흐를수록 자신이 진짜 필립인 양 착각을 하는 것이다. 필립의 여자친구까지 유혹하지만 결국 죄가 들통이 난다.

리플리 증후군 외에도 '과대망상' 증상을 보이는 남성들도 많다. 자신이 숨겨진 재벌 2세니 또는 인류를 구원할 지도자니 하는 생각에 사로잡히곤 한다. 결국 거짓말을 하게 될 수밖에 없는데, 과대망상 환자는 자신의 신분을 사실로 믿기 때문에 스스로 거짓말을 인식하지 못한다. 리플리 증후군은 처음에는 자신이 거짓말로 무엇인가를 얻은 다음에 나중에는 거짓된 삶에 푹 빠져서 믿게 되는 현상이므로 반사회적 인격 장애와 망상 장애의 중간 형태라고 전문가들은 분석한다.


### 일상의 작은 행복도 소중히 하는 남자가 좋다

여자의 돈을 노리는 것이 아니라 여자의 재능을 빼앗아 자기 것으로 만드는 욕망과 야망의 남자들도 피해야 할 남자가 아닐까 싶다.

상대성이론을 주창한 천재 과학자 아인슈타인, '생각하는 사람' 등을 만든 거장 조각가 로댕, 《데미안》 등 불후의 명작을 남긴 헤르만 헤세. 살아서 각 분야에서 최고의 명성을 얻었고 지금도 그 업적이 기려지는 위대한 인물들이다.

그런데 그들의 학문적, 혹은 예술적 업적을 떠나 '남성'이나 '남편'으로서만 그들을 평가하면 정말 나쁜 남자들이다. 자신의 욕망을 위해 애인이나 아내를 너무나 가혹하게 다룬 남자들이기 때문이다.

아인슈타인의 본부인 밀레바 마리치는 헝가리 출신으로 고관절 탈골로 한쪽 다리를 저는 대신, 신으로부터 총명한 두뇌를 선물 받았다. 수학과 물리학 분야에서 탁월한 재능을 보인 그녀는 스위스 취리히 공과대학에 입학해 물리학과 동기이자 네 살 아래인 아인슈타인과 사랑에 빠진다. 아인슈타인은 또래 사내아이들의 누이 노릇을 하며 학업을 주도한 그녀의 모습에 홀딱 반해 "너 없인 못산다"며 구애를 했고 생활이며 공부 등을 의존했다. 아이처럼 보채는 아인슈타인에게 사랑을 느낀 마리치는 자신의 논문이며 시험 준비도 뒤로 미루고 남자친구를 도왔다. 결혼 후 아인슈타인이 자신의 아이디어를 마리치에게 설명하면 마리치는 수학적 형식을 덧입혀 체계화시켰는데, 1905년 부부의 합작품으로 특수상대성 이론이 탄생했고 아인슈타인은 노벨상도 타고 세계적인 과학자 반열에 오르게 된다. 결혼 전 연구 논문은 아인슈타인-마리치라는 공동저자로 발표됐지만, 결혼 뒤엔 아인슈타인 이름만 들어갔다. 둘이 연구한 논문들이 학계의 주목을 받았고 아인슈타인은 세계적 과학자이자 유명인사가 된 반면 마리치는 보조자의 자리에만 머물렀다. 또 아인슈타인은 첫사랑을 찾아가기도 하고, 아내에게 이혼을 강요했고 이혼 후 4개월 만에 다른 여자와 재혼하기까지 했다. 그 후에도 여성편력이 이어졌다. 본처이자 학문의 동반자인 마리치와 두 아들의 존재는 상대성 이론과 관계없이 잊혀졌다. 생활고에 시달리며 일흔 넘도록 정신질환을 앓는 아들을 돌보던 마리치는 쓸쓸히 세상을 떠났

다. '욕망은 크지만 책임감은 없는' 남자를 선택한 탓이다.

이런 남자들은 본인은 부와 명예와 다양한 여자들까지 모든 것을 다 가진다. 그의 곁에 있던 여성들의 재능까지 갈취하고 착취한다. 더더욱 안타까운 것은 남자가 여자의 재능에 대해 경탄하고 존경하고 감사하는 것이 아니라, 자신보다 뛰어난 재능에 질투를 하고 혹시라도 더 유명해질까 봐 영혼까지 빼앗으려 하는 경우다. 아무런 죄책감 없이 말이다.

현실에 안주하며 살얼음판 걷듯 조심조심 사는 남자도 답답하지만 인생의 목표가 너무 과해서 주변사람들까지 숨 막히게 하는 남자도 위험하다. 물론 야심과 욕심이 많다는 것은 남자들에게는 당연한 일이다. 성공 목표를 확실히 하라, 꿈은 크게 가져라 등등 다그치는 자기계발서들은 또 좀 많니. 그런데 욕심만 부린다고 다 성공하는 것도 아니지. 지나칠 경우 평생 실패와 좌절만 맛보는 불행한 삶을 살게 될 수도 있다. 너무 과한 욕심으로 매사 만족하지 못하는 남자를 남편으로 맞으면 평생 노상강도를 만나는 셈이다. 그는 수시로 돈과 행복을 빼앗아간다. 결혼 생활은 냉정한 현실이기 때문이다. 아무리 재능이 뛰어나고 차근차근 준비를 해도 목표가 너무 과하면 실패와 좌절도 따르게 된다. 그리고 그 욕망에 매달리다 보면 일상의 작은 행복도 느끼지 못하고, 주변 사람들을 늘 불안하게 만든다. 그 불안함이 결국은 초조감, 혹은 우울증까지 동반하게 된다. 현명한 여성이라면 남자들의 과도하고 무모한 야망과 욕심 때문에 자기 재능과 재산, 심지어 인생을 빼앗

겨서는 안 된다.

## 꿈도 없이 무기력한 남자는 더 만나지 마라

딸아. 앞에 말한 욕망이 너무 강한 남자들의 희생자가 될 이유도 없지만 어쩌면 더 피를 말리게 하는 남자는 욕망도 꿈도 없는 무능한 남자들이다. 결혼한 여성들에게 물어보면 '절대 절대 안 되는 남자'의 랭킹 1, 2위를 차지한다.

예전에는 젊은 남성들에게 여자를 소개시켜주겠다고 하면 무조건 '예쁜지'부터 따졌다. 그런데 요즘은 '본인이나 부모가 능력 있는 여자'를 찾는다. 예쁜 외모는 의느님(하느님 같은 의사)이 충분히 고쳐줄 수 있는데 그것도 부잣집 딸이거나 전문직이거나 해서 돈이 많아야 가능하니, 그런 능력 있는 여자를 만나서 편안하게 살고 싶다고 당당하게 말하는 청년들을 보면 그들이 영악한 건지, 이기적인지 잘 모르겠다.

중년남성들도 진심으로 '셔터맨이 꿈이다' '여유로운 백수가 되고 싶다'란 말을 한다. 20, 30여 년을 직장생활에 찌들린 남성들이 아내가 운영하는 약국이나 병원 문의 셔터만 닫아주고 아내의 경제력으로 좀 자유롭게 살겠다는 로망은 안쓰럽지만 충분히 이해가 간다. 그리고 직장에서 강제로 퇴출당한 것이 아니라 여러 가지 이유로 그만두고 '백수'의 여유를 누리고 싶다는 것도 칭찬을 해주진 못해도 다독여주고 싶다.

이제 남자 혼자 가정경제와 가족의 행복을 책임지던 시대는 지났다.

여성들도 맞벌이를 하며 남편이 혼자 지던 짐을 나눠 져야 하고, 남자들도 아내와 함께 육아나 가사분담을 하는 것이 현대에 맞는 양성평등이다. 데이트를 할 때도 남자들이 무조건 밥값이며 영화비 등 모든 돈을 다 낼 필요도 없다. 똑같이 분담하고 즐거움과 기쁨을 나눠야 그 관계가 오래 지속된다.

그런데 요즘은 어떤 어려운 일이나 사건이 일어나 직장과 밥벌이를 잃거나, 다른 이유로 기회를 얻지 못해 무능해진 남자들보다는 '자발적 무능'을 선택한 남자들이 많다. 게다가 그 무능함을 유능한 여자를 만나 해결하려고 한다. 과거 여자들이 백마 탄 왕자를 만나 팔자를 고치거나 남자에게 의존해서 고양이 같은 나른한 삶을 추구했던 것처럼 말이다. 더욱 심란한 것은 그 여자의 능력과 부조차 자기 것으로 만들어버리는 것이다. 구글 검색창에서 '무능한 남자'를 검색해보니 이 글을 쓰고 있는 지금 기준으로 67만 개 넘는 웹문서가 올라와 있다. 그만큼 무능한 남자 때문에 가슴 치고 억울해하고 답답해하고 고민하는 이들이 많다는 것이다.

"징그럽게도 오래된 연인 사이입니다. 중학교 때부터 알고 지내 대학 다닐 때 연인이 되었죠. 저는 대학 졸업 후 곧바로 취직해서 5년차입니다. 작년에 대리로 승진했어요. 제 남친은 군대를 다녀와 복학하고 졸업을 했는데 아직 취직을 못했습니다. 제가 직장생활을 하면서부터 데이트 비용은 당연히 제가 내고, 가끔은 용돈도 주는 것이 이제 습관이 되었어요. 그런데 더욱 문제는 이 남자, 꿈이나 열정이 없어요. 그냥 막연히 대기업이나 공기업에 들어가는 것이 목표래요. 그런데 그게 어디 쉽냐고요. 중소기업이나 지방의 회사라도 알아보라고 하면 싫답니다. 그렇다고 취업시험 준비를 열심히 하는 것 같지도 않고 날마다 제가 퇴근하는 길에 저녁이나 사달라고 하고 여기저기 아프다는 말만 해요.

어느 친구는 남자친구가 명품 가방을 사줬다, 남자친구 아버지가 소개해서 직장도 옮겼다, 심지어 지난달에 결혼한 친구는 남편이 총각시절에 번 돈으로 집을 사서 자가주택자로 출발을 하는데, 아무리 비교하지 않으려야 않을 수가 없어요. 하지만 구박을 해도 히히덕거리고 웃고, 제가 조금만 잘해주면 마냥 고마워하는 이 남자친구를 무정하게 떠날 용기도 없습니다. 적어도 이 남자가 당당하게 취업을 할 때까지 기다려봐야죠."

이 여성보다 조금 더 인생 경험이 풍부한 언니들은 이런 사연에 고개를 절레절레 젓는다. 그녀의 기다림이 해피엔딩이 될 것 같지 않아서다. 이 남자는 착한 것이 장점이 아니라 단점이다. 착하다는 것을 무기로 너무 당연하고 태연하게 여자친구를 등쳐 먹고 있지 않니. 그리고 언젠가 취직을 한 후에는 대부분 더 젊고 예쁘고 도도한 여자를 찾아 떠난다. 남자들은 찌질한 시절을 기억하는 헌신적인 옛 여자보다 빛나는 현재의 모습만 아는 새 여자를 만나고 싶기 때문이다.

언젠가 문화심리학자 김정운 교수에게 "남자들은 헌신적이고 착한 여자가 좋아요, 아니면 톡톡 쏘고 요구가 많은 여자가 좋아요?"란 질문을 했다. 그의 대답은 이랬다.

"착한 여자는 헤어지고 한 10년 후쯤에 문득 기억나죠. 아, 그때 걔가 참 나한테 잘해줬었지. 하지만 톡톡 쏘는 여자는 자꾸 그 매력에 매달리게 된다니까요. 남자들은 대부분 그럴걸요."

이게 남자들의 본심인데 왜 여자들은 남자가 어떻게 생각하는지 여부와 상관없이 그저 자기 멋에 겨워 무조건 착한 여자 코스프레를 하며 자신의 시간과 열정과 심지어 돈까지 허비하려 들까.

백수나 취직준비생이 아닌 남자도 마찬가지다. 무능한 성격의 소유자는 어디에나 있다. 요즘은 "내가 다 알아서 해줄게"라며 모든 것을 다 책임지는 부모들이 많아서인지 구태여 힘들게 살거나, 담대한 꿈을 갖고 노력하는 이들이 드물다.

내가 좀 네 자랑을 심하게 한 탓인지 너를 며느리 삼겠다고 하는 이들 가운데 '아버지가 회사를 운영하는데 아들이 너무 심약해서 걱정이다. 대신 경영을 도와줄 야무진 며느리를 찾는다'라거나 '집안에 돈은 많은데 아들이 유명대학을 나오지 못하고 부실해서 2세를 생각해서라도 능력 있고 똑똑한 여자를 만나야 한다'라고 너무 솔직하게 털어놓는 이들이 제법 있다. 네가 공양미 300석에 인당수에 빠질 심청이도 아니고 돈이란 게 원래 언제 사라질지 모르는 것인데 왜 그런 집, 의지 박약의 남자와 결혼을 하라고 하겠니.

중매가 아니라 어쩌다 사귀어서 정이 들어 그 남자에 대한 애정이 가득하고, 그와 만나는 것이 기쁨이라면 좋다. 그렇다면 자신감이 부족한 남자친구를 다독이고, 의욕을 불어넣어줄 수 있는 인내심과 사명감으로 관계를 유지할 수 있다. 하지만 확실한 것은 그 남자에게 장래를 맡기고 의지하겠다는 기대는 버리는 것이 좋다. 그의 장래가 너에게 맡겨진 짐이 될 수도 있다. 남자친구도 아닌 남편이 항상 징징거리고, 나 싫어, 나 못해, 나 회사 안 갈래 등등의 말만 하는데 가정생활이 어떻게 화평할 수 있겠니.

순종적인 남자를 원하는 여자들도 많겠지만

최근에는 경제적 능력이 뛰어난 여성들이 늘면서 남자친구나 애인의 스펙이나 능력보다 '내게 얼마나 더 순종적인가'를 따지는 이들도 있다.

일본 만화가 원작으로 드라마로도 만들어졌던 〈너는 펫〉에서 보여지듯 애완견이나 반려동물 수준의 남자친구를 원하는 알파걸들이 많단다. 〈너는 펫〉의 여주인공인 스미레는, 도쿄대 출신에 하버드대로 유학까지 다녀온 실력파 커리어우먼으로 신문기자다. 170센티미터 장신의 몸매에 얼굴까지 예쁜 재색겸비한 완벽녀이지만 연애에는 별로 재능이 없다. 5년 사귄 남친이 '부담된다'는 이유로 바람피워 헤어진 뒤 자신보다 고학력, 고신장, 고수입의 남자와 만나겠다는 다짐을 하지만 잘될 리가 있나. 그때 집 앞에 버려져 있던 박스에서 발견한 정체도 모르는 오갈 데 없는 남자 모모를 펫으로 키우기 시작한다. 나중에는 모모가 고분고분 순종하는 애완견에서 성장, 남성다움을 보여주고 결혼하는 것으로 해피엔딩이다. 일본 드라마에서는 펫인 모모역의 마츠모토 준이 너무 만화처럼 사랑스럽고 귀엽고 모성애를 자극하는 외모와 태도를 보여줬고 한국 드라마에서도 장근석이 심장을 쫄깃거리게 만드는 애교만점의 살인미소를 보여줬지만, 현실에서 그렇게 곰살맞고 싹싹하고 순종적인 남자를 찾기는 어렵다. 그리고 그 끝도 결코 그 남자들의 외모처럼 귀엽게 끝나는 게 아니다.

내 후배의 친구인 펀드매니저는 실제로 '펫'을 부양한(?) 적이 있다고 고백했다.

"0.1초 사이의 판단력, 내 손가락 하나에 수억 원 아니 수십억 원까지 오가고 내 돈이 아니라 남의 재산을 무너뜨릴 수 있다는 직업의 부담감에 세포 마디마디가 다 스트레스를 느껴요. 그래서 잘난 척하는 남자, 나를 지배하려는 남자는 질색이에요. 남자와 소개팅을 하거나 진지한 교제를 할 물리적 정신적 여유도 없고요. 그러다 서른넷이 되었네요. 심야에 마사지를 받거나 불타는 금요일에 클럽에 가서 미친 듯 춤추고 필름이 끊길 정도로 술을 마시는 것이 스트레스 해소 방법입니다.

그런데 어느 날 눈을 떠보니 내 침대 옆에 어떤 청년이 누워 있더라고요. 꿈을 꾼 건가 했는데 내가 클럽에서 만나 몇 차를 전전하다가 데리고 온 모양이에요. 잠에서 깬 그 친구가 커피랑 달걀요리를 만들어 침대로 갖고 오더군요. 그리고 이틀 후에 짐을 싸들고 내 집으로 들어왔어요. 내가 퇴근해서 오면 마사지도 해주고, 발도 씻겨주고, 인터넷에서 발견한 재미있는 사이트도 알려줬어요. 알고 보니 나보다 아홉

살 어린 스물다섯의 휴학생이더군요. 그런데 이 친구가 은근히 사달라는 게 많아지더라고요. 처음엔 입을 게 없다며 셔츠나 바지를 사달라더니 다음엔 구두, 그리고 스마트폰… 3개월 정도가 지나자 오토바이를 타고 싶다고 하고, 갑자기 친구가 큰 사고가 났다며 300만 원만 꿔달라고 하고…. 당연히 안 갚았죠. 용돈을 안 주면 삐지거나 훌쩍 집을 나가요.

그 친구가 베푸는 서비스보다 그 친구의 철없는 행동으로 인한 스트레스가 더 심해져 '나가라'고 했어요. 그렇게 나쁜 아이는 아니어서 순순히 떠났어요. 내 집에서 나가면서 '에이씨, 이제 어디서 자지? 이 집 침대 진짜 편했는데'라고 중얼거리는데 그나마 있던 미련이 싹 가셨어요. 그 친구에게 나는 사랑하는 여인이 아니라 편한 침대와 생활을 제공하는 사람일 뿐이었어요."

언젠가 젊은 직장여성을 인터뷰한 적이 있는데 가장 이상적인 남편감으로 '아침밥을 차려주는 남자'를 꼽았다.

"저는 제 일을 너무 좋아하고 나름 고액 연봉자예요. 전문직이라 잘릴 걱정도 없고 이 업종은 이직도 쉬워요. 그래서 저는 남편보다는 제 아침밥도 차려주고 살림을 잘하는 '아내' 같은 사람이 필요해요. 지쳐서 들어오면 '수고했어. 씻고 나와, 저녁 차려놓을게'라고 말해주는 남자랑 결혼하고 싶어요. 그 사람이 직장을 다녀도 좋고, 하우스허즈밴드여도 괜찮아요. 봉건적인 남성우월주의가 아니라 경제건 살림이건 더 능력 있고 적성에 맞는 사람이 하는 게 평등한 것 아닐까요?"

일견 옳은 말이다. 미국 대통령 후보로 나선 휴렛패커드의 전 사장인 칼리 피오리나를 비롯, 고소득 커리어우먼들 가운데 남편의 외조를 받아 자기 일에만 전념해 성공한 여성들이 점차 늘고 있는 것도 사실이다. 또 우리나라에 부임한 외교사절을 봐도 여성 대사의 남편 가운데 화가와 같은 예술가이거나 프리랜서이거나 혹은 직업이 없는 남편들도 있다. 영국의 대처 수상도 관저에서 각료들과 모임을 가질 때 남편 데니스 대처가 각료 부인들과 티타임을 가지며 대화를 나누기도 했다. 하지만 대처 수상은 업무 중에 잠시라도 짬이 나면 남편이 좋아하는 음식 재료를 구하러 장을 보기도 했단다. 경제적 능력이 있다는 이유로 남편에게 아침상을 차려주기를 기대하거나 강요해서는 안 된다. 외조를 하는 그들 역시 무능한 남자들이 아니다. 다른 직업을 가졌어도 기꺼이 자신보다 사회적 역량이 나은 아내를 대신해 가정을 꾸리고 살림을 할 뿐이다. 그것 역시 능력이다.

무능한 남자들이 자주 쓰는 말들을 살펴보렴

요즘 워낙 취직이 어렵고 미래도 불투명해 청년들로 하여금 쉽게 좌절하고 포기하게 만드는 시대라는 점은 잘 안다. 매스컴에서 명명한 이름이지만 '관조 세대'라거나 '병맛 세대' 등으로 취업준비만 하다가 지쳐 잉여인간의 삶을 사는 젊은 남성들이 참 흔한 것 같다. 자신에게 필요한 돈이 모일 때까지만 아르바이트를 하고, 지속적으로 일을 하지 않는 프리터족, 진학이나 취직을 하지 않으면서 직업훈련도 받지 않는, 일할 의지가 거의 없는 니트족이 그들이다. 무조건 치열하게 살고, 아무 철학도 없이 그저 공부 열심히 해서 대학 졸업하고 회사 취직하고 죽기 살기로 버텨 퇴직할 무렵엔 약간의 퇴직금과 온갖 성인병을 얻어 노년의 삶을 살아가야 하는 부모 세대를 지켜본 젊은이들에게는 그런 인생이 이해가 가지도 않고 부럽지도 않을 게다. 30여 년 온갖 굴욕을 감수하고 일에 회식에 치여 살아본들 홀연히 회장 아들이나 딸이 '실장님'으로 나타나 "김국장, 너무 감각이 낡은 거 아니에요?"라고 하면 뒤돌아 눈물을 훔치는 삶을 따라하고 싶지도 않을 게다.

그러나 '저 포도는 분명히 실 거야'라고 포도를 따려는 시도나 노력도 않고 그늘 아래서 낮잠만 자는 것이 능사는 아니다. 자신의 삶의 주인공으로서 능력을 발휘하지 않는 것은 자기 인생에 대한 직무유기가 아닐까. 자신의 삶을 방치하지 않고 최대한 좋은 방향으로 이끌기 위해 긍정적인 마인드로 최선을 다하는 남자를 만나길 바란다. 그렇지 않고 부정적인 남자는 널 많이 힘들게 할지도 모른단다.

그런 남자들은 평소에 자주 사용하는 언어를 보면 성향을 파악할 수 있다. 그 사람이 너를 얼마나 사랑하는지만 중요하게 생각할 것이 아니라 일상에서 하는 말들의 패턴, 혹은 빈번히 쓰는 말들을 주의 깊게 살펴봐라.

무능한 남자들이 가장 많이 사용하는 말은 "이젠 끝장이야!"란다. 한 번 실패하면 무너지는 사람이다. 이런 사람은 사소한 일에도 쉽게 좌절하고 다시 도전하려는 의욕조차 없다. 자기가 '끝'이라고 선언하는

데 옆에서 도움을 준들 다시 일어설 수 있을까. 그 다음에 자주 사용하는 말은 "이게 잘되겠어?"란다. 이들은 항상 상상만 하고 실천하지 않는 사람이다. "공무원 시험 경쟁이 그렇게 치열한데 내가 될까" "너도 나도 창업하는데 잘 될까" 등등 시도조차 해보지 않고 항상 부정적 결론만 내린다. 또 "난 왜 항상 이 모양이지?"라고 늘 스스로를 비난하는 사람. 너무 자학적인 사람이라서 곁에서 지켜보는 이들조차 힘들게 한다. 부정적이고 자기비하적인 말은 절대 단순한 말이 아니라 그의 성격을 드러내는 것이고 결국 그의 삶 전체를 지배한단다.

진심으로 그 사람을 사랑한다면, 비록 능력은 조금 부족하지만 그 사람이 곁에 있어야 숨쉬기가 편해진다면 "절대 끝이 아니야. 얼마든지 다시 시작할 수 있어"라거나 "이건 잘될 것 같아. 나도 도와줄게, 해보자" 혹은 "당신이 부족한 게 아니야. 아직 때가 되지 않았을 뿐이야"라며 치어리더 역할을 해도 좋다. 그런데 계속 불을 붙여도 타오르지 않는 장작도 있으니 불쏘시개가 되지 않도록 꼭 조심하길….

능력의 문제가 아니라 책임의 문제다

남자의 성격과 미래를 보지 않고 무조건 능력만 보는 것도 편견이고 이기적인 일이긴 하다. 그러나 막상 결혼 생활을 하다 보면 가장 자주 하는 말, 제일 자주 갈등을 겪는 것이 세계관이나 이데올로기가 아니라 바로 돈이다. 무능함이 꼭 경제적 무능력만 뜻하는 것도 아니다. 매사에 남자답지 못하고 나약하고 게으른 남자가 무능한 남자다.

내가 아는 한 여성은 암은 아니지만 잘 낫지 않는 병이 있어서 안정을 해야 하고 무리를 해서는 안 된다. 그런데 남편이 도무지 직장생활에 잘 적응하지도 못하고, 생계를 책임지지 않아 그 아픈 몸을 이끌고 직장에 다닌다. 살벌한 전쟁터인 직장생활에서 살얼음 걷듯 늘 가만가만 일하는 그 여성을 직장에서 곱게 볼 리가 없다. 심지어 동료 여성들조차 "저런 아줌마 때문에 전체 여직원들이 욕을 먹는다"고 비난한다. 물론 그 남편이 그 여성에게 지순한 사랑을 보여주고 마음의 평화를 주니 결혼생활을 유지할 게다. 그런데 그 남자가 어떤 일을 해서라도 병을 앓고 있는 아내를 편안하게 쉬며 건강을 회복할 수 있도록 하는 것이 도리가 아닐까. 일에 대한 보람과 열정보다는 자신의 약값을 벌기 위해, 무능한 남편 대신 생계를 유지하기 위해 주변 사람들의 차가운 시선에도 불구하고 매일 직장에 다니는 그 여성이 너무 안쓰럽기만 하다. 그 남편을 만나서 "제발 정신 차리고 아내를 잘 돌보라"고 말하고 싶었단다. 제3자인 내가 간섭할 일은 아니지만 나이가 드니 이렇게 오지랖이 넓어지는구나….

흔히 결혼은 완벽한 상대를 만나는 것이 아니라 부족한 상대를 만나 완벽하게 만들어가는 과정이라고 한다. 그렇다고 결혼이 부족한 사람, 상처가 많은 사람을 만나 치유해주는 간호 과정이나 봉사활동은 더더욱 아니다. 헌신이나 보살핌을 위한 결혼생활은 자신의 이익이나 필요를 쫓아가는 것보다 더 나쁠 수도 있다.

만약 무능한 남자를 선택했다면 무능한 남자를 있는 그대로 방치하기보다는 그의 잠재된 능력을 찾아보도록 같이 연구하거나, 진정성을 갖고 대화를 나누는 것이 필요하다. "가장이 이렇게 무책임하면 어떡해" "제발 정신 차리고 밥벌이 좀 해" 등이 아니라 "당신은 훌륭한 사람이야. 조금만 더 적극적으로 사회활동을 하면 좋겠어. 나는 당신의 잠재력을 믿어" 등 부드럽게 꾸준하게 변화의 마음이 일도록 말을 전해야 한다.

아무리 양성평등의 시대라고 해도 여전히 남자들은 가정 경제를 어느 정도 책임져야 하고 그것이 남자들을 위해서도 좋다. 하버드대학교의 하비 맨스필드 교수가 쓴《남자다움에 관하여》란 책을 슬쩍 보여줘도 효과적이지 않을까. 저자 하비 맨스필드는 하버드대학교 정치학과 교수로, 서구 민주주의의 우월성을 주장한 정치철학자 레오 스트라우스의 사상에 깊은 영향을 받은 학자다. 맨스필드 교수는 남자다움을 '위험 앞에서의 자기 확신'으로 정의한다. 남자다움은 단순한 공격충동이나 지배욕, 자기보존 본능보다 한층 복잡하다. 맨스필드 교수는 '두모스thumos'(혼 또는 기개를 일컫는 그리스어)란 단어로 남자다움을 표현했다. 두모스는 인간과 동물 모두에게 있는 일종의 '용맹함'을 의미한다. 남자다운 남성이라 함은 두모스를 발휘해 자기 목숨을 버리면서까지 다른 사람들의 목숨을 구하는 것이다. 어떤 상황에서건 '모든 책임은 내가 진다'고 말할 수 있는 남자가 진정한 남자라고 그는 강조했다.

딸아, 우리는 남자와 연인이 되고 남자와 결혼을 한다. 그러니 짝퉁 남자나 무능한 남자보다는 당연히 진짜 남자, 남자다운 남자를 고르고 선택해야 하지 않을까. 무능한 남자들은 아무리 이해해줘도 종국에는 자격지심이 생기고 어느 날 참고 참다 한 소리를 꼬투리 잡아서 폭력 행사를 일삼거나 성관계도 거부하는 경우가 있다. 혹은 밖에서 무능해서 당한 무시를 아내나 아이들에게 화풀이를 하고 그런 남편과 아버지를 무서워하거나 저주하게 되는 악순환이 반복되기도 한다.

유능하고 멋진 완벽한 남자만 찾으라는 것이 아니라, 남자의 무능함에 네 능력을 소진하지는 말라는 말이다.

그리고 남자의 무능함을 따지는 너 스스로는 무능하지 않은지 돌아보기도 해야겠지. '난 연약한 여자예요'라고 하나부터 열까지 모두 남자에게 의존하거나 의지하지는 않는지. 데이트비용도 무조건 남자가 내야 한다고 믿는 것은 아닌지. 남자친구나 남편에게 고가의 물건이나 보석 등을 사달라고 하는 것을 특권으로 여기지는 않는지. 수시로 '못해' '안 해' '힘들어' '싫어' 등등의 말을 하며 어려운 일은 시도조차 하지 않고 수시로 징징대지는 않는지. 마치 당연하다는 듯이 남자에게 경제적 부담을 다 지우고 끝없이 요구만 하는 것은 아닌지. '내가 돈 못 번다고 무시하는 거야? 우리 친정이 부자가 아니어서 괄시해?' 등등의 말을 자주 하는 것은 아닌지. 미모만 믿고 책도 안 읽고 문화생활도 하지 않고 자기 능력을 덮어두는 것은 아닌지 말이다.

네가 먼저 자신의 능력을 스스로 키워가는 사람이어야, 건강한 야망을 건강하게 키워가는 남자를 만날 수 있을 것이다.

# 그 남자가
## 너만 사랑할 거라고 믿지 마

    나는 아직도 40여 년 전에 만난 한 아주머니의 쓸쓸한 표정이 가끔 기억난다. 이웃에 살던 그분은 본인도 당시 드문 명문대 출신에 남편은 대학교수였다. 아이들도 똑똑하고 착해 부러울 것이 없어 보였다. 그런데 어느 여름날, 내가 마루에서 낮잠을 자고 있는데 그 아주머니가 우리 집에 찾아왔다. 일어나 인사하는 것도 귀찮아 자는 척하는데 그분이 우리 어머니에게 하는 말을 본의 아니게 엿들었다.

    "아무개 아버지가 바람을 피웠네요. 그것도 10여 년 동안이나…. 제 자래요. 둘이 얼마나 사랑했는지는 모르지만, 남편이 이제 심드렁해졌는지 안달이 난 그 여자가 어제 찾아와 다 털어놨어요. 남편은 외도는 인정하면서도 이제 끝난 사이라고, 가정을 지킬 거라고 했고요. 남편

144

은 자기 명예를 중시하는 사람이라 절대 가정을 버리거나 교수직을 포기하지 않을 거예요. 처가에서 받을 유산도 있으니 이혼도 안 할 거고요. 그런데 참 신기하게 화도 나지 않아요. 남편을 사랑하지 않아서 그런 건 아니에요. 내 사랑이 배신당했다고 생각되기보다 그저 이런 일이 내게도 일어나는구나, 참 어이없단 말만 자꾸 중얼거려져요. 다만 내 마음속의 남편은 죽었어요. 실제로는 남편이 살아있지만 난 미망인인 셈이죠. 이제 씩씩하게 아무개 엄마로 살아야죠."

울거나 흐느끼지도 않고 담담하고 품위 있게 남편의 외도 사실을 고백하던 아주머니는 몇 년 후 암으로 돌아가셨다. 어머니는 장례식에 다녀오셔서 "아이고, 불쌍한 사람. 그렇게 남편 때문에 속을 끓이고도 내색도 않고 참더니 결국 암으로 가네"라고 안타까워하셨다. 바람난 남자 이야기를 들을 때마다 난 그 아주머니의 말이 자꾸 떠오른다. 마음속으로 '남편은 죽었다'고 되뇌었지만 사실은 자기 자신이 죽음 같은 고통을 느꼈나보다.


바람기가 본능이라는 남자들이 의외로 많다

남자들은 본능적으로 초 단위로 섹스에 대한 생각을 한다는 자료들이 많다. 하루에 몇 백 번이다, 아니다 몇 천 번이다 등등. 남자들이 자신들의 성욕이나 바람기를 '유전자와 본능'으로 정당화하려는 비겁한 조사다. 여성들이나 여성 관련 단체에선 절대 그런 조사를 하지 않는다. 실상 아무리 점잖은 이들도, 고매한 지성인들도 아름다운 여자들에게 눈길을 주기 마련이고 "죽음이 우리를 갈라놓을 때까지"라고 결혼 서약을 하고도 다른 여자와 사랑에 빠져 죽음으로 갈라놓게도 만든다. 이성에 대한 호기심은 자연스러운 일이긴 하지만, 그러나 상습적인 바람기와 무분별한 성관계를 훈장처럼 자랑하는 남자는 절대 피해야 한다.

최근 프랑스에서 한 광고가 화제가 됐다. 미테랑, 시락, 사르코지 등 전직 프랑스 대통령들을 모델(?)로 등장시킨 광고를 만든 업체는 바로 은밀한 애인찾기 사이트 개발 회사이다. 바람둥이로 소문난 전직 대통령들을 내세워 "이분들도 우리 사이트를 활용했으면 그런 스캔들에 휘말리진 않았을 텐데…"란 내용의 홍보를 했단다. 사생활과 사랑에 엄청 관대한 나라이고, 현직 올랑드 대통령도 동거녀를 두고 새 애인을 만나기 위해 오토바이 헬멧을 쓰고 엘리제궁을 나오는 사진이 매스컴을 뜨겁게 달구기도 했지만, 대통령의 바람기를 광고에 활용하다니 프랑스답다.

대통령의 불륜 스캔들이라고 해도 남의 나라 일이니 웃고 넘기지만 내 애인이, 내 남편이 바람둥이라면 문제가 다르다. 대부분의 여성들은 애인이 다른 여자와 다정하게 있는 모습만 봐도 온몸의 피가 솟구칠 정도로 충격을 받는다고 말한다. 우리 주변엔 유부남에게 농락당해 신세를 망치거나, 애인의 배신에 자살까지 하려는 여성들도 많다. 그런데 왜 21세기인 아직도 남자의 바람기에는 온 세계가 관대한 걸까.

아무리 섹시하고 아름다운 여성이라도, 현명하고 재주 많은 여성이라도 남자들의 몸과 마음을 영원히 지배하기는 어렵다. 그토록 젊고 아름다운 다이애나 왕세자비도, 똑똑한 엘리트 힐러리 클린턴도 남편의 바람기 때문에 고통을 겪었다. 힐러리 클린턴은 자서전에서 모니카 르윈스키와 남편의 스캔들 당시에 '남편의 목을 비틀어버리고 싶었다'라고 고백했다. 물론 그녀는 그래도 남은 사랑 때문이건 대통령의 부인이나 정치인으로서의 야심 때문이건 자신의 자존심 때문이건 그의 곁을 지켰지만 속은 얼마나 새카맣게 타들어갔을까.

영원한 퍼스트레이디로 불리고 1960년대 우아한 재키룩의 선풍을 일으키기도 했던 재클린 케네디는 미모와 재능을 갖춘 여성이었다. 미국 대통령과 그리스 선박왕을 남편으로 두었고 말년에는 유태계 다이아몬드 상인과 소울메이트로 지낼 만큼 겉으로는 남자 복이 많은 사람이다. 그런데 정작 그녀는 남편인 존 F 케네디 전 미국 대통령의 외도 때문에 불행했다. 최근에 그에 대한 소회 등을 밝힌 재클린 케네디의 친필 편지가 공개돼 화제가 됐다.

1950년부터 케네디의 암살 1년 후인 1964년까지 재클린이 아일랜드 신부 조지프 레너드에게 보낸 편지 30통이 공개돼 경매에 부쳐졌단다. 이 편지에는 재클린이 케네디와 결혼하기 전 설렘이 어떻게 결혼 후 좌절로 변했는지, 케네디 전 대통령의 정치적 야망과 여성 편력이 어느 정도였는지 등이 상세하게 기록되어 있다. 초기의 편지는 "나는 케네디와 사랑에 빠졌으며, 우리 둘은 '해피엔딩'을 맞을 수 있을 것"이라는 꿈에 부푼 내용이다. 하지만 얼마 지나지 않아 쓰인 편지에는 "그는 그의 길을 아주 확고하게 정했기 때문에 나와 결혼을 하는 일과 같은 가욋일에 시간을 보내려 하지 않을 것"이라며 불안해했다. 1952년 케네디가 상원의원에 당선되고 나서 쓰인 편지에는 절망감마저 드러나 있다. "케네디는 상원 선거 캠페인을 하며 나에게 끔찍한 상처를 입혔다"며 "몇 주간 전화 한 통도 하지 않았다"고 밝혔다. 이어 "그는 다른 사람들에게 하는 만큼 나를 사랑했을 뿐"이라며 "지금 그가 나와 결혼을 하려는 이유는 그저 상원의원에게는 부인이 필요하기 때문"이라고 말했다. "케네디는 그의 아버지(조지프 케네디)와 똑같이 행동한다"며 "그의 아버지도 부인(로즈 케네디)을 무시했고, 결국 부인의 유일한 안식처는 종교였다"고 씁쓸하게 밝혔다.

그녀는 편지에 케네디의 여성 편력에 대해서도 썼다. 편지에는 "그는 사냥하는 것을 좋아하고, 이미 자신의 것이 된 것에 대해서는 금세 지루함을 느낀다"며 "결혼을 한 후에도 자신의 매력을 증명하기 위해 끊임없이 다른 여자들에게 추파를 던졌다"고 적혀 있다. 그녀는 "다른 사람들은 내가 빛나는 왕관을 쓴 '운명의 남자'와 살고 있다고 생각하겠지만 실상은 그저 작고 슬픈 주부에 지나지 않는다"며 "만약 당신이 나와 같은 삶을 산다면 매우 외로울 것이고, 마치 지옥과 같을 것"이라고 밝히기도 했다. 레너드 신부는 재클린과 단 두 번 만났을 뿐이지만 깊은 우정을 나눈 사이로 알려졌으며, 펜팔은 레너드 신부가 사망하면서 끝이 났다. 재클린이 레너드 신부를 만났을 때 나이는 21세였고, 레너드 신부는 73세였다. 재클린은 "누군가에게 이런 이야기를 하고 싶었는데 아무에게도 할 수 없었다"며 "이걸 읽는 당신은 안됐지만, 나는 내 안에 있는 이야기를 당신에게 털어놓을 수 있어 좋다"고 편지를 통해 고마움을 드러내기도 했다. 그러나 케네디의 바람기가 사라지지 않을 것을 알고 난 후, 재클린은 여비서, 젊은 여성 등 케네디 대통령이 좋아할 스타일의 여성들을 남편에게 소개할 만큼 관대한 모습을 보이기도 했다. 재클린은 몹시 남성적 매력이 넘치는 바람둥이인 아버지 밑에서 어린 시절, 수시로 부모가 싸우는 모습을 보고 성장했다. 그래서 그 어떤 소용돌이 속에서도 자신의 평온을 찾는 법, 그리고 바람둥이 남성을 이해하는 법을 체득한 것 같다.

### 신의를 저버리는 남자를 감내하지 마라

딸아. 나는 기자생활을 하며 정말 다양한 바람둥이들을 봤다.

본부인과 자녀들에게 너무 자상하고 상냥한 유부남이 직장 동료와 5년째 사내 연애(이것도 연애라고 표현해야 할지 모르겠지만…)를 하는 것도 봤고, 지금도 활동하는 전직 정치인은 인터뷰하는 여기자들에게도 수시로 추파를 던지고 알고 보니 도처에 애인이 있었다. 어느 유명한 소설가는 감동적인 작품과는 달리 술집에 가면 난잡한 태도를 보였고 그를 따르는 문학소녀풍의 여성들에게 골고루 사랑을 나눠주는 홍익인간(?)이더라. 내가 아는 한 문화계 여성인사는 특파원 출신의 앵커가 자신에게 보낸 뜨거운 연애편지를 보여주며 눈물을 펑펑 흘리기도 했다. 그런데 다음 달에 한 여성잡지에 그 남자가 부인과 다정한 포즈를 취하며 인터뷰를 한 기사를 읽었다.

정말 번번이 깜짝 놀란다. 어쩌면 남자들은 그렇게 여자들에게 항상 마음과 몸이 열려 있을까. 육감적인 몸매의 여직원을 보면 누구 할 것 없이 눈빛이 달라지며 은근히 바라보고, 딸 같은 여성들에게도 아버지 같은 자상함이 아니라 끈적한 태도를 보이는 어른들, 애인의 생일·기념일을 꼬박꼬박 챙기고 전화가 오면 '응 뭐해, 우리 강아지'라며 친절하게 받던 남자가 전화를 끊고는 태연히 다른 여자에게 전화를 거는 모습도 봤다.

그런데 더더욱 놀라운 것은 이렇게 능력자들이나 지성인들이 아니라 내가 보기엔 정말 매력도 없고 찌질해 보이는 남성들조차 바람기는 다들 풍족하게(?) 갖추고 있다는 것이다. 이걸 공평하다고 해야 하는지….

3년간 알콩달콩 남들이 부러워하는 연애를 하던 한 여성은 최근에 헤어졌다. 남자친구의 바람 탓이다.

"제 애인은 자기 친구들 앞에서도 나를 '우리 귀염둥이'라고 불러 놀림을 당할 정도였죠. '널 내 주머니에 넣고 다니고 싶어'라는 말을 매일 했어요. 그런데 유학 갔던 내 친구가 귀국해서 만나는 자리에 제 애인도 데려갔거든요. 평소 잘난 척하던 그 친구에게 호남형의 얼굴에, 패션감각이 뛰어나고 안정적인 직장에 다니는 애인을 자랑하고 싶었죠. 내 친구도 부럽다고, 내 애인에게 형이나 동생이 없느냐고 물어보며 호감을 표했어요. 그 후 몇 번 같이 어울려 밥도 먹고 술도 마셨어요.

그때도 제 애인은 친구 앞에서 제 손을 잡고 껴안아주기도 하고…. 그런데 나 몰래 둘이 만나더군요. 내 애인에게 꼬리를 치고서도 태연한 얼굴로 웃는 그 친구도 독사같이 느껴졌고 내 친구와 놀아나고도 그동안 아무 일도 없던 것처럼 나랑 관계를 유지한 애인에게 너무 치가 떨렸어요. 그 남자는 '네 친구가 날 유혹해서 순간 넘어갔다, 나한텐 너뿐이다'라고 애걸복걸했지만 그 말을 믿기 어려웠어요. 모르는 여자도 아니고 내 친구랑 바람이 나다니요. 난 결국 애인도 친구도 다 잃었어요. 무엇보다 잃어버린 것은 나의 자존감과 사랑에 대한 신뢰예요. 지금 헤어진 지 1년이 넘었는데 벌써 내 친구도 아닌 다른 여자를 사귀고 있답니다. 난 당분간은 아무도 못 만날 것 같아요."

이 여성은 자기 존재가치마저 무너지는 듯한 붕괴감을 느꼈지만 정작 가해자인 그 남자는 두 여자친구 사이를 망쳐놓고 자신은 또 새 여자를 만나고 있단다. 그래, 아무리 지금 누군가를 사귀고 있더라도 더 새롭고 더 유혹적인 이성에게 이끌리는 건 뭐라고 못하겠다. 여자라고 살면서 그런 이끌림이 없겠니. 그러나 어이없는 건 그런 실수에 대해 어쩔 수 없는 일이었다고 변명하고 넘기려는 남자들의 뻔뻔함이다. 그건 불성실함이나 바람기가 아니라 유전자, 아니 남성이란 종족의 본능 탓이라고 한다. 고매한 지성인은 물론, 성직자들조차도 여성들에게 유혹을 느끼고 봉인된 수컷의 바람기를 드러내기도 하는데, 평범한 보통 남자들은 어떻겠느냐고 남자 모두를 공범화시킨다.

독일의 문명비평가 디트리히 슈바니츠 교수가 쓴 《남자, 지구에서 가장 특이한 종족》은 남자란 종족을 샅샅이 해부한 책이다. 남자들은 왕자병 환자이고 가면 속에 아이 같은 나약한 모습을 감추고 있다고 신랄하게 묘사했으면서도 유일하게 '바람기'에 대해서는 면죄부를 주었다. 슈바니츠 교수는 원래 생물학적으로 종족의 번식이라는(씨를 뿌리는) 역할을 가지고 태어난 남자는 성에 대해 자유로울 수밖에 없으며, 강한 자만이 자기 씨를 널리 뿌릴 수 있으므로 역사적으로 강해야 하고 지배해야 한다는 속성을 강요받게 되었다는 것이다. 남자는 애인이나 아내 외의 다른 여자와 바람, 심지어 성관계를 지속하는 것에 거의 죄책감을 느끼지 않는단다. 세상의 종족 번식을 위해 더 많은, 더 넓은 밭에 씨를 뿌린다는 사명감일 뿐, 배신이나 외도가 아니라는 것이다.

어떤 남성들은 남자의 바람기가 인류 진화의 원동력이란 주장을 하며 정당성을 강조한다. 그리스 신화 속 바람기가 이야기의 기초였으며 유럽 의식의 주체가 되었고, 중국의 흥망성쇠는 권력자들의 경국지색에 뿌리를 두며, 바람기를 해몽한 프로이트로부터 주체할 수 없는 바람기를 작품으로 승화시킨 많은 예술가들, 피카소의 바람기만으로도 인류는 또 한 번 진화했다는 주장이다.

이렇게 만연한 바람기 옹호론으로 남자들은 바람기를 자신의 능력으로 과시하며, 여자들은 그걸 감내하는 것이 미덕으로도 여겨진다. 하지만 바람을 피는 것은 외도, 다른 길을 걷는 정도가 아니라 신의를 저버린 배신 행위다. 그런데 그런 파렴치한 남성들이 정치 · 경제 · 문화 예술계를 지배하는 사회에 우리는 살고 있다.

사랑에 푹 빠지기 전에 살펴봐야 할 것들

딸아. 어떻게 하면 이런 바람둥이를 피할 수 있을까 걱정도 되고 궁금도 하겠지. 그런데 인생도 정답이 없지만 인간유형도 정답은 없단다. 다만 남성심리전문가, 연애전문가들의 의견을 종합해보면 바람둥이 남자의 유형을 크게 네 부류로 나눌 수 있다. 사랑에 빠지고 나면 판단력을 상실하게 되니 부디 풍덩 사랑에 빠지기 전에 그 남자가 어떤 스타일인지, 얼마나 바람둥이 기질이 있는지 파악한다면 도움이 될 게다.

첫째는 '모태형'이다. 태어날 때부터 우월한 유전자의 영향으로 얼굴도 잘생기고 성격도 좋게 태어난 사람이 있다. 그런 사람들은 어릴 때부터 주목과 사랑을 받고 자라 항상 말과 태도를 조심해 매너까지 좋다. 그리고 꼬이지 않은 성격이라 남녀노소에게 친절하게 대하고 자연스럽게 나온 행동들이 때로는 여자들을 오해하게 만든다. '내가 유혹하지 않았는데도 여자들이 자꾸 따르는 것을 어쩌란 말이냐'라고 오히려 괴로워한다. 케네디 대통령 등이 그런 경우다. 재벌 2, 3세들이 스캔들이 많은 이유도 모태형인 경우가 많아서다. 물론 타고난 자신의 장점을 잘 이용해 많은 여자들을 콜렉션하는 의도적 바람둥이도 많다. 그들에게 여자들은 그저 트로피일 뿐이다.

둘째는 '노력형'이다. 미남이나 몸매가 뛰어난 남자들 가운데 의외로 지고지순한 사랑을 하는 경우가 있는 반면 얼굴도 별로고 키도 작고 스펙이 탁월한 것도 아닌데 주변에 여자들이 꼬이는 사례도 많다. 자신의 평범함이나 단점, 심지어 열등감을 극복하기 위해 여자들이 좋아하는 것이 무엇인지를 파악해 눈물겹게 노력하기 때문이다. 로마의 시저는 대머리 아저씨였지만 여성편력이 심했다. 그는 아내와 길을 가다 전 애인을 만나도 피하거나 모른 척하기는커녕 다가가서 친절하게 인사를 할 정도였다.

가장 대표적인 무기는 언어의 기술이다. 시시한 이야기도 맛깔스럽게 하고 유머감각도 탁월하고 여자가 무슨 말을 해도 맞장구를 잘 쳐주며 화려한 리액션의 소유자들이다. 신동엽, 남희석 등의 개그맨들이 서울대 출신의 프로듀서와 치과의사의 마음을 사로잡은 이유도 이와 흡사한 스타일이어서가 아닐까. 70세의 노인 가수 조영남 씨가 그 나이에도 주말마다 젊은 여성들과 어울려 영화를 보고 식사를 하는 것은 그의 외모나 재력이 아니라 어떤 연령의 여자들과도 수다를 잘 떨고 그들의 이야기를 잘 들어주는 열린 사고 때문이다. 못생긴 칠순 영감이라도 자신의 말을 진지하게 들어주고 동대문시장에서 쇼핑도 하고 심야 영화를 같이 볼 정도의 남자라면 여자들은 기꺼이 그와 데이트를 한다.

가수 싸이도 언젠가 방송에 나와 자기가 여자들에게 인기가 많았다고 자랑한 적이 있다. 그 비결은 만나는 여성을 칭찬할 때 그 여자 스스로 인지하는 뻔하고 상투적인 칭찬, 즉 다리가 날씬하다, 얼굴이 예쁘다 등등이 아니라 그날 그 여성이 자기를 만나러 오기 위해 신경 쓴 부분을 꼭 집어서 칭찬했단다. "와, 오늘 재킷, 환상적이다. 새로 샀구나" "헤어스타일 바꾸었네, 전보다 잘 어울린다" 등 구체적으로 말해주면 '이 사람이 내게 빠졌구나, 날 인정해주는구나'란 생각을 한다.

언젠가 한 방송사에 진짜 못생겨 보이는 직원이 있었는데 전설적인 바람둥이로 소문났다. 임원도 아니고 스타 프로듀서도 아닌 평범남이라 신기했는데 알고 보니 그는 사진, 등산, 살사댄스 등 취미도 다양하고 여자들이 무심코 한 말도 기억했다가 다시 만날 때 챙겨준단다. 생일엔 꽃 한 송이라도 선물을 잊지 않는다. 여자들은 그런 사소한 행동에 감동하고 갑자기 그가 멋있게 보이기 시작한다. 다정다감하고 재미있고 사려 깊은 그 남자에게 의지하고 싶은 생각이 들어 기꺼이 연인 관계로 발전하게 된다.

셋째는 '가면형'이다. 스토리텔링 시대답게 바람둥이 남자들은 여자들이 빠져들 만한 시나리오를 기획해 자신에게 맞는 가면을 쓴다. 여성들의 모성애를 자극할 가련하고 무거운 짐을 진 남자로 포장하거나, 과거의 상처로 여전히 고통스러워하는 역할을 연기한다. '전에 사귀던 여자가 나를 버리고 갔다. 그 아픔으로 이제 더 이상 사랑을 못할 것 같다' '아내가 너무 의부증이 심하다. 집에 가는 것이 두렵다' 등등 사연을 만든다. 그런 아픔을 내 앞에서만 털어놓는 그 남자에게 대부분의 여자들은 연민의 정을 느끼고 그의 상처를 보듬어주고 자기의 사랑으로 그를 일으켜 세워주고 싶다는 착각을 하게 된다. 일부러 의도하지는 않았겠지만 작가인 허지웅 씨가 한 방송에서 "이혼 후 성욕을 잃은 무성애자가 됐다"란 말을 한 후 오히려 여성팬들이 엄청나게 늘었다고 한다.

넷째는 '쾌락형'이다. 남성호르몬인 테스토스테론이 마구 뿜어나오는 데다 스킨십과 성적 행위를 통해 희열과 만족감을 느끼는 유형이다. 그저 여자들이 주변에 있어야 자신이 수컷임을 느낀다. 그래서 만나자마자 키스를 하거나 곧바로 성관계로 급속도로 발전시킨다. 여자들이 거부하거나 회의적인 생각을 가질 여유가 없을 만큼 적극적이고 자신도 첫눈에 반해 이성을 잃은 것처럼 행동한다. '이런 경험은 당신이 처음'이라고 자부심을 일깨워주지만 한 여자에게 몰두하는 경우는 드물다. 어떤 남성은 동시에 일곱 명의 여자를 사귀기도 하고, 몇 달에 한 번씩 여자를 바꾼다. 원나잇스탠드로 하룻밤에 만리장성만 쌓고 다른 성을 쌓으러 떠난다.

마지막은 '무대뽀형'이다. 그는 닥치는 대로 여성에게 노골적인 호감을 표현한다. 모태형처럼 세련되지도, 노력형처럼 부자연스럽지도, 가면형처럼 스토리를 만들지도 않는다. 어느 여성이건 보자마자 "미라 씨는 언제부터 이렇게 섹시했어요?" "난 효성 씨 같은 스타일이 이상형이야" "난 무식해서 멋스러운 말은 못해. 그냥 좋은 걸 어떡해" 등등 유치찬란한 언사를 늘어놓아도 어쩐지 기분이 나쁘지 않고 오히려 신선하게 느껴진다. 고상하고 우아한 척하는 여성들이 오히려 상스럽거나 무식한 남자에게 빠지는 것도 이런 이유다.


### 존재감을 확인받는 느낌은 착각이다

물론 뜻밖에도 지순한 사랑을 하는 남자들도 있다. 아주 미미한 숫자이긴 하지만 부모로부터 아낌없는 사랑을 받고 제대로 된 인성 교육을 받고 성장한 남자들은 여자를 욕망이나 성적 대상, 혹은 장식장에 진열한 트로피로 여기지는 않는다. 그래서 남자의 진면목을 보려면 그의 가정과 가족을 보라는 것이다. 유아기에 양육자와 안정적 애착 관계를 맺지 못한 이들이 바람둥이가 되기 쉽다는 분석도 있다. 유아기에 부모에게 만족할 만한 스킨십을 못 받았거나 성장기에 예상치 못한 이별을 경험한 후 친밀한 상대가 떠날지도 모른다는 두려움을 무의식에 간직하게 된 이들은 나중에 어른이 된 후 상대가 떠날까 봐 두려워 먼저 등을 돌리게 되기도 한다. 상실 경험이 없더라도 사랑과 분노를 번갈아 보여주는 양육자에게서 성장한 사람이라면 사랑할 때 느끼는 불안과 질투를 처리하기 어려워한다. 내면의 부정적 감정을 상대에게 투사해 연인의 결점을 찾아내고 실망감을 느끼며 돌아선다. 그리고 끝없이 자신에게 사랑을 채워줄 사람을 찾아 헤맨다.

그런데 주변에 보면 바람둥이로 소문난 남자가 접근해도 거부하지 않고, 혹은 계속 바람둥이만 사귀는 여자들도 있다. 대부분 판단력이 없어서가 아니라 자존감이 낮아서다. "저렇게 수많은 여자들을 사귄 남자가 나를 선택했어"라는 은근한 우월감을 느끼는 여자들도 있고 바람둥이 남자들의 주특기인 여자에 대한 끝없는 찬사, 달콤한 말을 들으며 자신의 존재감을 확인하려는 여자들도 있다. 바람둥이가 접근하는 것은 그의 자유이지만 그가 바람둥이인지 아닌지, 너를 기만하는 의도가 있는지 없는지 파악하고 거절하는 것은 너의 책임이다. 너의 영혼과 몸을 지킬 수 있는….

그리고 바람둥이 남자만 욕할 것이 아니라 한번 곰곰이 반성해볼 필요도 있다. '난 이 정도로 남자들에게 인기가 있어'란 것을 증명하거나 여성적 매력을 확인하고 싶어, 의미도 없이 여러 남자들을 만나는 것은 아닌지. 과거 남자에게 받은 상처를 다른 남자가 치유해줄 거라는 기대로 병원 방문을 하듯 남자들을 바꾸는 것은 아닌지. 남자친구보다 더 조건이 좋거나 혹은 색다른 남자와 자신도 모르게 양다리를 걸치고 있는 것은 아닌지. 연애는 밀땅이 필수라는 그릇된 생각에 남자친구의 질투심을 유발하려고 다른 남자를 이용한 적은 없는지. 소문난 바람둥이에게 '대체 왜?'란 호기심으로 접근한 적은 없는지….

딸아. 그 대상이 어떤 사람이건 적어도 한 사람을 만날 때는 그 관계에 최선을 다하는 것이 중요하다. 하지만 네 사랑이 진실하고 최선을 다한 것이라 해도 그 상대가 네 사랑을 희롱하거나 놀이거리로 여긴다면 장난감 취급을 당할 이유는 없다. 바람둥이들은 너를 사랑하는 것이 아니라 너를 사랑하는 것 같은 자신을 사랑할 뿐이다.

"진정한 바람둥이는 그녀들의 육체를 사랑하는 것이 아니다. 그리고 그녀들 중 한 명만 진정 사랑하는 것도 아니다. 진정한 바람둥이란 그녀들 모두를 진정 사랑하는 것이다." 바람둥이의 대명사인 카사노바가 한 말이다.

부디 욕심 많은 아이가 잔뜩 끌어 모아놓은 수많은 장난감 중의 하나가 되지 말아라.

## 집착하는 사랑보다
## 자유롭게 해주는 사랑이어야 해

나는 요즘 유행하는 '썸탄다' '썸남썸녀'란 말이 싫다. 누군가를 사랑하면 사랑하는 것이지 긴가민가 간보듯 밀고 당기고를 하는 것은 비겁한 짓 같다. 마치 인터넷 쇼핑에서 장보기 카트에만 담아두고 막상 구입은 안하는 것처럼 찜찜하다. 그런데 최근에 연일 보도되는 무서운 사건들을 보면 차라리 이렇게 미지근한 관계를 유지하며 서로에게 거리와 사이를 두는 것이 사랑도 지속하고 소중한 목숨도 보호하는 길이 아닐까란 생각이 들 정도다. 도처에서 '변심한 애인에 격분, 목 졸라 살해' '결혼 반대하는 여자친구 부모를 살인' '결별 선언한 여자친구 살해하고 본인도 자살' 등의 사건 기사가 거의 며칠 간격으로 등장하고 있다. 상대에 대한 지나친 집착이 부른 참극이다.

한 유명 연예인도 방송에 출연해 자신의 경험담을 들려줬다. 그 연예인은 "남자친구와 집 앞에서 헤어지고 집에 들어와 샤워하는 동안 전화를 받지 못하면 바로 차를 돌려 달려와 집 대문을 두드리며 난리를 피우고 이웃사람들이 보니까 내게 억지로 웃으라고 시켰다"라고 고백해 모두를 놀라게 했다. "잠들 때까지 전화로 숨소리를 들려줘야 남자친구가 안심했다"며 병적으로 무서운 집착을 보인 남자에 대해 털어났다. 그리고는 "좋은 남자를 만나려면 본인을 아끼는 주변인들의 이야기를 귀담아 들으라"고 뼈 있는 조언도 덧붙였다.

돈이나 명예에 대한 집착보다 더 무서운 것이 '인간관계에 대한 집착'이다. 여러 사람을 고통에 빠뜨리기 때문이다. 각종 상담 코너를 보면 뜻밖에 남자친구나 애인의 집착 때문에 고민하는 여성들의 사연이 많다.

"여대생입니다. 소개팅으로 같은 학교, 같은 학년인 남자친구를 만나 교제 중입니다. 저를 무척 아껴주고 지켜주는 믿음직한 남자입니다. 저도 처음엔 그가 너무 마음에 들어 소개팅을 주선한 친구에게 고맙다고 한턱 내기까지 했어요. 그런데 반년이 지나는 동안 사랑은 변함없는데 너무 자주 싸우게 됩니다. 남자친구가 저와 매 시간을 같이 보내고 싶어해서입니다.

처음에는 그와 같이 도서관에 가서 공부도 하고 밥도 먹고 영화도 보고 놀이공원도 가는 시간들이 너무 즐겁고 행복했습니다. 하지만 저는 우리 과 친구들과 조 모임도 있고, 고교 동창들과도 만나고 싶고, 주말엔 가족들과 같이 할 일도 있는데, 남자친구는 자기하고만 시간 보내기를 원합니다. 매일 아침 일찍 우리 집 앞에 와서 같이 등교하고 저녁이면 집에 데려다주려고 하는데 저는 이제 슬슬 지겹다 못해 짜증이 납니다. 제가 '나도 할 일이 있고 친구들도 만나야 한다. 제발 따로 시간을 갖자'라고 하면 '난 오직 네가 전부이고 너를 위해 네 중심으로 생활하는데 넌 왜 네 일만 고집하느냐, 나를 사랑하지 않느냐'고 서운해합니다.

어느 날은 저 몰래 제 휴대폰의 연락처에서 남자 이름을 모두 지워버려서 대판 싸운 적도 있어요. 사촌이나 동창들은 물론 남자 이름 같은 여자친구들까지 다 지워버렸어요. 제가 화를 내니 '네가 너무 예쁘기 때문에 남자들로부터 보호하려고 한다'는 거예요. 또 사촌언니 결혼식이 있어 참석할 거라고 한 달 전부터 이야기를 했는데도 '알았다'고 하더니 막상 결혼식 날, '너무 아파 죽을 것 같다. 약 사갖고 와달라'고 앓는 소리를 하며 전화를 해서 결국 결혼식에 못가고 남자친구 자취방에 갔어요. 제가 보기엔 크게 아프지 않은 것 같은데 계속 못 가게 했습니다.

엄마는 '그런 남자와는 절대 만나지 말라'고 저를 나무랍니다. 그런데 헤어지자는 말은커녕, '내일은 다른 약속 때문에 보지 못할 것 같다'란 말에도 화를 내는 이 남자친구와 어떻게 헤어질지 막막합니다."

"사내 커플이에요. 홍보회사에 취직했는데 제 사수가 너무 멋져 보여 제가 반해서 교제를 시작했어요. 작은 일부터 홍보 자료 쓰는 것 등등을 잘 챙겨줘서 도움을 많이 받았어요. 물론 아직 회사 사람들은 우리가 사귀는지 몰라요. 그런데 이 남자, 회사에서만이 아니라 둘만 있어도 일일이 제 언행을 지적해요.

둘이 데이트를 하면서 로맨틱한 시간을 갖고 싶은데도 '야, 너 아까 김 과장한테 왜 그런 식으로 보고를 해. 널 얼마나 바보라고 생각하겠어. 자초지종을 설명해서는 안 돼. 결론부터 말해야지' '야, 아무개 기자한테 왜 그렇게 굽실거려. 네가 하녀야? 우리가 자료를 주는 거잖아.' '야, 너 책 좀 읽어, 신문도 읽고. 네가 쓴 보도자료를 보면 단어들이 너무 저급하고 어휘력도 부족해' 등등 이런 지적만 해요.

매서운 사수 역할도 좋고 다 옳은 말이긴 한데 이런 지적에 고무되는 것이 아니라 제가 정말 형편없는 인간, 실력도 없는 무능한 직원이란 자괴감만 들어요. 그를 만날 때마다 '대체 오늘은 무슨 일로 야단을 칠까'란 두려움이 커요. 무슨 일을 할 때마다 제 아이디어나 생각이 아니라 '그 사람이라면 어떻게 할까'가 기준이 돼요. 나도 나름 똑똑하다고 인정받던 사람인데 잉여인간이 되는 느낌이에요. 그리고 그 사람은 자기 일이나 하지 왜 제 일만 살피는 걸까요."


집착을 지극한 사랑으로 착각하기 쉽다

지금 막 사랑하는 남자를 만나는 여성들의 가장 큰 오류는 남자의 지나친 간섭과 집착을 '지극한 사랑'으로 착각하는 것이다. '나를 너무 좋아해서' '나를 너무 아끼기 때문에' 등등으로 혼자 판단하거나 혹은 그 남자의 변명에 세뇌되어 버린다.

그런데 어떻게 자기 여자친구나 애인의 일거수일투족을 간섭하는 것이 배려 있는 관심이고, 학교나 직장생활 심지어 인간관계를 구속하는 것이 진정한 사랑이겠니. 눈물겨운 외조는 바라지 않더라도 사랑하는 이가 더 능력을 발휘하고 더 풍성한 인간관계를 맺어 성장하도록 응원하는 것이 제대로 된 남자가 보여주는 사랑이다.

'집착'은 처음에는 '관심과 경도'라는 얼굴로 나타나 정확한 판단을 하기 어렵게 만든다. "넌 이렇게 긴 생머리가 너무 잘 어울려. 절대 머리 자르지 마" "난 네가 검정 미니원피스를 입으면 너무 근사해 보여. 진짜 섹시해"라며 사랑이 가득한 눈빛을 보낸다. 그걸 사랑으로 믿는 여자들은 자신에게 어울리지 않아도, 지겨워도, 그 남자가 좋아한다는 말에 자신의 취향과 기호에 상관없이 헤어스타일, 옷차림, 심지어 식성마저 맞춰준다.

그렇게 남자친구의 말에 고분고분 순종을 하면 칭찬과 보상이 따르는 것이 아니라 더 강하고 더 지긋지긋한 주문과 집착이 시작된다. 숨막히도록 간섭을 하고, 지적질을 하고, 원망을 하고, 아바타를 다루듯 지배하려고 한다. 심지어 숨 쉬는 것까지 지배하고 싶어질 게다. 그러는 사이에 네가 그의 도움으로 성장하는 것이 아니라 오히려 자아가 상실되거나 붕괴되는 위험도 따른다.

한 영화감독은 연애 상담 프로그램에 출연해 남자친구의 집착으로 심각하게 고민 중이라는 여성에게 "집착도 사랑이다"라는 정의를 내세우며 그의 집착이 당연히 연애 과정에서 있을 수 있는 행동이라는 편을 들었다. 같이 출연한 다른 남성 패널들도 그 정도 집착은 남성에게 흔히 있을 수 있는 일이라는 반응이었다. 그게 남자들의 이기심이다.

### 질투나 무시 때문일 수도 있다

집착과 질투는 동전의 양면이다. 그 남자가 너보다 학벌, 스펙, 조건 등등이 뛰어나도 너를 질투할 때가 있을 게다. 여자친구의 밝은 성격과 사교성에 호감을 느껴 교제를 시작해놓고도 사교적인 면을 질투한다. 여자친구가 가족, 친구나 동료와 잘 지내는 것을 못마땅해 하고 자신에게 시간을 안 내주고 소홀히 한다고 화를 내는 경우도 많다. 그 여자를 자신만 독점하겠다는 생각도 있지만 자신보다 뛰어난 면에 오히려 열등감을 느끼는 것이다. 여자친구가 다른 이성들과 잘 지낼 때, 여자친구를 믿지 못하거나 의심하는 것이 아니라, 자기도 다른 이성들과 편안하게 잘 만나고 싶은데 그러지 못해서 화가 난 것이다. 잠재된 질투심이 집착으로 표현된다.

여자친구가 가족이나 친척들과 많은 시간을 보내는 것을 싫어하는 이들은 대부분 자기 가족과의 사이가 좋지 않은 이들이다. 자신은 누려보지 못한 화목한 가정, 친구같이 허물없이 지내는 부모, 자신은 만나본 적도 없는 사촌, 육촌, 팔촌과 가족모임이 많은 것이 부러우면서도 화가 나고 두렵다. 만약 그 사람이 화목하고 친밀한 유대관계를 맺고 있는 가족의 소유자라면 자기 가족들과도 충분한 시간을 가져야 하고, 여자친구를 자기 가족에게 소개해 친해지도록 하는 것이 수순이다.

혹은 평소 여성에 대한 왜곡된 사상, 여성비하 의식을 가진 이들이 이런 면을 보인다. 여자를 소유물처럼 말하고 여자를 무시하는 남자들이 종종 있다. "네가 그걸 알아?" 혹은 "너는 안 돼, 그냥 내 말 들어"라고 말하며 자신의 우월감을 확인하려 든다. 여자보다 지능이나 재능이 뛰어난 것도 아니고 사회성이 나은 것도 아니면서 말이다. 본인이 자존감이 높고 자신 있는 남자들은 그렇게 상대를 비아냥거리거나 비난하지는 않는다.

한 간호사는 자신에게 과분한 남자친구 때문에 고민이라고 한다.

"의료봉사 모임에서 의사인 남자친구를 만나서 사귀고 있습니다. 명문대 의대 출신에 너무 잘생기고 개천에서 나온 용 출신도 아닌 그 남자가 저를 좋아한다고 고백했을 때 숨이 막혀 죽을 만큼 기뻤어요. 동네방네 다니면서 이 남자가 제 남자친구라고 떠들고 싶을 정도였답니다. 저는 뭐 흔히 말하는 베이글녀, 좀 귀여운 얼굴에 살짝 글래머이긴 합니다만 내세울 것은 별로 없어요. 그런데 처음엔 너무 좋아서 숨이 막힐 것 같던 제 남자친구가 이제 다른 이유로 제 숨을 막히게 합니다.

일단 만나면 무조건 제 휴대폰을 내놓으라고 해서 문자 메시지, 카카오톡 등을 다 살펴요. 일거수일투족을 의심하고 감시하려고 하는 성향을 보여요. 일하다 전화를 안 받아도 나중에 난리 난리가 나요. 전 자유분방한 성격이고 부모님으로부터도 별로 간섭을 안 받고 자라서 이런 그의 태도가 너무 갑갑할 뿐이에요. 또 제 친구들을 소개해주고 몇

번 만났는데도 '네 친구들 다 이상하다' '헤퍼 보인다' 등등 나쁘게 평하고 제가 근무하는 병원의 의사, 간호사 등 동료들에 대해서도 '그 인간 쓰레기로 소문났다' 등의 막말을 합니다. 제 주변 사람이 모두 거지 같다니 어이가 없어요.

친구들에게는 창피해서 하소연도 못하겠고 한 선배에게 '좀 집착이 심한 것 같다'라고 이야기하니까 '그래도 결혼하면 좀 바뀌지 않을까. 그런 조건 가진 남편감을 놓치고 후회하지 않을까'라고 얘기하더군요. 그 선배의 말이 맞을까요? 결혼하면 그 사람이 바뀔 수 있을까요?"

이 여성에게 너무 미안한 말이지만 그 남자, 안 바뀐다. 입이 거친 이들이라면 "그 인간, 정신병자야"라고 단언할 게다. 그런 가혹한 평가를 듣더라도 친구나 주변 사람들에게 이런 사정을 이야기하고 객관적 평가를 들어봐야 한다. 남들에게 '시집 잘 간다'란 말을 들으려고 스펙만 좋은 남자와 결혼한다는 것은 본인이 스스로 불구덩이나 감옥에 들어가는 것과 같다.

## 다른 사람을 못 믿는 것은 자신을 못 믿는 것이다

딸아. 좀 더 구체적으로 집착이 심한 남자들의 특징을 알려주마. 눈에 잘 안 띌지도 모르지만 이번 기회에 찬찬히 알아보렴.

집착남들은 겉으로 보면 강한 척하지만 사실 자존감이 매우 낮은 사람들이다. 자신감이 없어 항상 전전긍긍하고, 자신을 믿지 못하는 만큼 다른 사람도 못 믿는단다. 그런 남자들의 특징이자 특기는 '자기합

리화'이다. 자신의 집착은 사랑의 표현이고, 자신이 화를 내는 것은 네가 무신경하고 자기 말을 안 들어서라고 교묘하게 자신을 합리화한다. "나는 되지만 넌 안 돼"가 이런 사람들이 자주 하는 화법이다. 자기가 상대를 지배하고 있다고 생각해서다. 애완동물 키우듯 시키는 대로 했을 때만 예뻐하고, 그게 아니면 폭력적인 성향까지 보이기도 한다. 연인을 동등한 존재로 보고 신뢰하는 관계에서는 절대 할 수 없는 행동이다.

때론 간혹 상상력이 너무 커져서 최악의 경우까지 치달으며 괴로운 상황이 된다. 그 감정이 터무니없고 무분별한 행동으로 발전해서 절대 헤어지지 않을 것 같은 관계까지도 망쳐버린다. 질투는 그 감정을 느끼는 본인이나 대상이 되는 사람 모두에게 고통을 안겨준다. 어떤 관계에서도 질투는 위험한 요소다. 자유로운 삶을 앗아가고 책임 있는 삶이 불가능해질 수 있다.

그런데 정작 이런 남자의 집착을 사랑이라고 착각하는 것에서 지나쳐 그 남자를 자신의 힘으로 치유할 것으로 착각하는 지경에 이른 여자들도 많다. 얼마 전 법륜스님의 〈즉문즉설〉에서 이와 비슷한 사례를 봤다. 현장에서 질문을 하면 즉석에서 듣고 해결방안을 전해주는 스님의 이야기가 내 마음에는 참 와닿았다. 남자친구의 집착 때문에 고민이라는 여성은 이렇게 사연을 털어놓았다.

*남자친구가 집착이 너무 심합니다. 너무 고통스러워서 완전히 헤어진 것*

은 아니지만 현재 두 달간 좀 시간을 두고 보자고 했습니다. 그런데 제게 갖은 협박을 하고, 생업까지 위협하고 인터넷에 제 사진을 유포하겠다는 등의 횡포를 부립니다. 경찰에 신고할까도 생각했습니다. 협박이 무서운 게 아니라 그 남자가 과거 사귀었던 여자들과도 모두 협박 때문에 경찰서까지 간 후에 끝이 났다는 이야기를 들었습니다. 또 과거 여자친구들이 모두 바람이 나서 헤어진 것이라고 하더군요. 사실 저도 그 남자친구와 사귀면서 바람피운 적이 있습니다. 남자친구는 만난 지 얼마 안 되어서부터 제게 집착을 보였습니다. 그런데 이게 연민인지 사랑인지 모르지만 저는 그 남자가 마음의 병이 있거나 상처가 있다면 제가 곁에서 같이 치료를 받게 하거나 치유가 되도록 도와주고 싶습니다. 그는 다른 종교를 갖고 있지만 108배를 권유한 적도 있습니다. 그런데 그 친구를 잊고 포기해야 할까요? 아직 연민이 남아 있으니 치유를 도와야 할까요? 그리고 이게 연민인지 사랑인지도 모르겠습니다.

**법륜스님은 그 여성의 말에 이렇게 답했다.**

계속 만날지, 헤어질지 혹은 치유를 하게 할지 선택은 질문하신 분의 몫입니다. 자유롭게 살고 싶고 다른 사람의 덕을 얻으며 살아가고 싶은 것이 당연한데 그 사람 때문에 관계가 속박되고 어려움을 겪으면 그건 계속 취약을 먹는 셈입니다. 관계를 끊는 것이 좋습니다. 아니면 자기 희생을 통해 이익이 되게 하겠다는 게 목표라면, 상대에게 속박당하는 것을 자발적으로 받아들이고 어떤 희생을 치르거나 어떤 고통도 감수하겠다는 마음이 있어야 합니다. 하지만 그렇게 희생할 각오가 되어 있어도 반드시 치유가 된다는 보장은 없습니다. 그저 치유를 위해 노력할 뿐이지요. 치유는 가능성일 뿐이고 노력해도 실제로 치유될 가능성은 거의 없습니다. 진짜 사랑은 그 사람을 고치거나 치유하는 것이 아닙니다. 그와 상관없이 그 자체로 인정하는 것이 사랑입니다. 장애아를 둔 어머니들이 내 아이를 정상인처럼 고치겠다는 것도 사랑이 아니라 욕망입니다. 정상인의 70퍼센트만 가능한 능력이라면 70퍼센트를 인정해주고 격려해주고 사랑해주어야 합니다. 고쳐진 다음에 그를 사랑하겠다는 마음도 비슷합니다.

자비와 아량을 강조하는 법륜스님도 병적으로 집착하는 남자와 그런 관계를 유지하는 것을 '쥐약을 먹는 것'이라고 했다. 보약을 서로 먹여주는 것도 모자란 연인 사이에서 쥐약을 먹어야 할까. 그것도 남들의 강요가 아닌 자신의 판단력 부족으로….

집착증의 남자들은 겉모습만으로는 파악하기 힘들다. 한 포털사이트에 올라온 '집착과 의처증 기질이 내재된 남자들의 특징'이란 글이 있는데 이제 막 남자를 만나기 시작한 이들에게는 참고가 될 것 같다.

일단 지나치게 연락을 많이 한다. 무조건 연락을 자주 한다고 문제가 있는 건 아니다. 그러다 상대방이 잠시 전화를 못 받거나 바쁜 일 때문에 몇 시간이라도 연락 두절되면 계속 문자를 보내거나 받지도 않는 전화를 계속한다. 잠시 몇 시간 동안 딴 일 하느라 휴대폰 확인을 못했을 뿐인데 애인한테 부재중 통화가 몇 시간 만에 열일곱 통 이런 식으로 우후죽순 쏟아져 있다. 이건 의처증 있는 남자들 공통점이다.

밤늦게 집에 보내고 나서 불안해서 전화 확인하는 것도 아닌 바에는 멀쩡한 대낮에 그리고 분명 여자가 일이 있다는 걸 알면서도 계속 전화질한다. 여자가 전화를 안 받는 이유를 혼자서 망상에 들어간다. 혹시 자기를 일부러 피하는 건가? 아니면 핑계대고 딴 놈을 만나고 있는 건가? 여기까지는 그래도 연애 초기엔 나름대로 이미지 포장을 위해서 내색은 안 한다. 하지만 사귀는 게 길어지면 증상이 중기에 들어서면서 드디어 입 밖으로 꺼내서 사람을 닦달하기 시작한다.

초기에는 여자가 참다가 이런 점을 지적하면, 순한 표정으로 그냥 보고 싶어서, 목소리가 듣고 싶어서 그랬다고, 조심하겠다는 모션을 취해서 일단 넘어간다. 그런데 여전히 같은 상황 반복, 지적하면 말로는 알았다고 고친다고 하지만 여전히 똑같다. 그러다 중간중간 네가 날 버릴까 봐 무섭다, 내가 널 얼마나 사랑하는지 아느냐, 너 없으면 못 견딜 것 같다 등등 어쩌고 혼자 신파를 찍으며 얼마나 자신이 여자를 사랑하고 있는지 얼마나 자신이 상처받은 영혼인지를 은연중 강조한다. 더불어 여자의 죄책감을 자극해서 이렇게 날 좋아하는 남자인데, 얼마나 날 좋아하면 한시도 불안해서 연락을 자주 하거나 내 개인 정보를 궁금해 할까 헷갈리게 한다.

여자한테 아는 남자 선후배나 동기 또 남자 이름으로 추정되는 연락처가 있거나 하면 그때부터 사람 피곤하게 만들며 또 망상하기 시작한다. 여자의 사생활이나 일기, 아니면 개인적인 기록이 담긴 것을 보여주기 싫다고 의사표현을 해도 끈질기게 보려고 한다. 그러면서 날 사랑한다면 내가 원하는 이 정도는 해줄 수 있는 것 아니냐 하며 정신적으로 압박한다. 그러다 여자가 먼저 이별통보하면 그때부터 본격적으로 난리가 난다. 일단 무조건 싹싹 빌다가 그래도 안 먹히면 자살쇼를 하기도 한다. 여자 집 앞까지 찾아와 몇 시간이고 죽치고 일단 만나서 이야기하자고 전화질한다. 그리고 여자한테 선물 공세를 시작하며, 너희 집으로 선물 보냈다, 그냥 챙겨주고 싶어서 그런다, 못해준 것만 생각나서 어쩌고 얘기한다. 그런데 결혼을 하고 나면 이 집착은 의처증으로 변한다. 정신과 의사들이 가장 고치기 어렵다는 것이 의처증과 의부증이다. 본인은 정상이라고 생각하기 때문이다. 그래서 치유도 어렵고 상대방이 우울증과 불안 등 정신질환 증세를 보이게 된다.

몇 년 전 부부갈등의 사례를 보여주고 진단을 해주는 프로그램이 있었다. 신기하게도(?) 당사자들의 얼굴을 공개하고 직접 출연했다. 오죽 답답하면 전 국민이 보는 텔레비전 프로그램에 나와 자기들의 사연을 소개했겠니. 지금도 기억이 나는 것은 한 의처증 남편의 일화다. 그는 부인의 일거수일투족을 의심하고 분명히 다른 남자와 외도를 한다고 확신했다. 부인은 복지사와 같은 일을 하는 성실한 직장인이고 살림도 잘하는 현모양처로 보였다. 남편은 냉장고를 열어 반찬 그릇을 제작진에 보여주며 "어제보다 양이 줄었어요. 그놈 갖다 준 거에요"라고 말했다. 부인은 어이가 없는 표정으로 대꾸도 안 했다. 그리고 아내가 쓰레기봉투를 들고 아파트 쓰레기 분리함에 버리고 오자 "그사이에 그놈을 만나고 왔다. 이상한 냄새가 난다"라며 흥분했다. 제작진이 "우리가 부인을 따라 가서 카메라로 찍어 왔는데 아무도 만나지 않았다. 몇 분 사이에 누굴 만나겠나"라고 해도 "아, 그놈이 엄청 빨라요"라고 말하며 들은 척도 하지 않았다.

주변 사람들의 증언도 부인은 너무 조신하고 착실한 여성이라고 했다. 그의 발언과 행동이 너무 황당해서 처음엔 헛웃음이 났는데 나중에는 그의 눈빛이 무서워졌다. 모든 것을 체념한 듯한 부인의 무표정한 얼굴도 참 슬퍼 보였다. 세상에서 가장 나쁜 일 중 하나가 억울함인데 자신의 행실과 정절을 의심받고 누명을 쓰니 얼마나 피눈물이 나겠니. 부부상담을 받도록 했지만 그 남편은 자신이 이상하다고 인정하지 않았다. 알고 보니 그 남편은 사업 실패 후에 의처증 증세가 심해졌다고 했다. 가장이나 남성으로서의 열등감을 그렇게 표현한 것이다.


널 함부로 대할 때 내버려두지 마라

연인이나 배우자에게 집착을 보이는 이들은 보통 편집증적 성격의 소유자가 많단다. 어렸을 적부터 까다롭고 무슨 일이든지 그냥 넘기지 못하고 곰곰이 생각하고 지나칠 정도로 기억력이 좋은 사람들, 다른 사람의 태도나 행동에 대해 예민하고 과장해서 생각하는 사람들, 이기적이고 쉽게 앙심을 품고 불평이 많은 사람들에게서 자주 나타난단다. 다른 이들은 그냥 넘길 사소한 일들도 예민하게 받아들인다.

딸아. 최근에 도처에서 일어나는 데이트 폭력, 헤어진 여성을 찾아가 끔찍한 일을 저지르는 사건들은 모두 이렇게 병적으로 집착하는 남성이 저질렀다고 한다. 내가 오래 살면서 관찰해보니 집착하는 사람은 남녀 불문하고 그의 과거나 성격에 상처가 있는 사람이더라. 자신의 과거에 만들어진 진흙탕 속에서 허우적대는 사람이다. 그가 네 손목을 잡는다는 이유로 그를 보듬으려 하면 너 역시 진흙탕에 빠지게 된다. 건강한 몸과 정신의 소유자를 만나 밝은 미래를 향해 나아가야 하는데 왜 함께 진흙탕에서 뒹굴어야 할까. 무엇보다 네 인생은 너의 것이며 그의 과거사로 들어간다고 그의 과거가 새롭게 구성되지도 않는다. 다른 약점들은 어떻게 해서든 극복할 수 있지만 이 집착은 어디까지 확장될지 알 수 없어 사랑으로만 감내하기엔 너무 벅차다.

너의 남자친구가 무리한 요구를 하면 무조건 들어주지 말아라. 그건 상냥한 배려도 아니고 사랑도 아니다. 그를 위해서라도 처음부터 단호한 입장을 보이고 네 목소리를 내야 한다. "나는 당신에게 내 모든 일을 알려주거나 내 생활을 간섭받고 싶지 않다" "각자 자기 일을 열심히 하고 서로 성장할 방법을 찾자" "난 두려울 게 없다. 너의 그런 위협과 협박이 두렵지 않다. 내겐 가족과 친구, 수많은 응원군이 있다" 등등 너는 너의 의지를 존중받을 만한 사람이고, 혼자가 아니며 지지하고 도와주는 조력자가 많다는 것을 수시로 알려줘라. 그 누구도 너를 함부로 대하게 두지 마라. 널 함부로 대하는 이들을 용납하는 것은 네가 스스로 그의 노예가 되기를 자처하는 것이다.

집착하는 남자는 덫이고 늪이다. 늪의 기미가 느껴지면 얼른 돌아서라. 늪에 한번 빠지면 계속 허우적거릴 것이 뻔하단다. 네가 과감하게 그 늪을 벗어나 네 두 발로 걸어나올 때 넌 진정한 자유와 네 인생을 누리게 된다. 부디 그릇된 집착과 사랑을 혼동하지 말기 바란다.

3부

사랑의 순간마다
현명한 널 응원할게

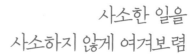

# 사소한 일을
# 사소하지 않게 여겨보렴

딸아. 이제야 고백인데… 엄마는 자칫 국제결혼을, 그것도 홍콩 갑부와 할 뻔했단다. 물론 33년 전, 아득한 전설의 고향 같은 이야기이긴 하다.

내 친구의 언니 부부가 무역업을 해서 홍콩 갑부와 인연을 맺었단다. 그런데 그 갑부가 상처 후 한국 여성과 재혼을 했는데 그 부인이 너무 알뜰하고 사랑스러웠나봐. 자기 아들에게 '넌 처음부터 꼭 한국 여성과 결혼해라'라고 당부했고 주변에도 한국 며느리감을 추천해달라고 했단다. 마침 친구 언니가 내게 그 남자가 한국에 오니 한번 만나보라고 해서 만난 적이 있다.

익히 소문을 들어서 알고 있는 그 집안의 재력에 그 남자 자체도 참 인상이 선량해 보였다. 그럭저럭 간단한 영어로 의사소통에도 큰 문제가 없었다. (무슨 이야기를 했는지 전혀 기억이 나지 않지만 그렇게 믿고 싶구나.) 문제는… 그 남자가 무슨 습관인지 혹은 지병인지, 코를 쿵쿵거리더라. 2, 3분 간격으로 코를 쿵쿵거리는 것이 그때는 너무 신경에 거슬렸다. 평소 친구였다면 모르는데 갑자기 만난 남자가 웃을 때도, 가만히 있을 때도 쿵쿵쿵…. 당시엔 나도 너무 어리고 그에 대한 친밀도도 낮아서 첫 만남이 마지막 만남이 되었지. 그 사람이 그해 크리스마스에 카드를 보내며 혹시 홍콩에 올 기회가 있으면 연락하라고 했는데 알고 보니 홍콩 진짜 부자들만 사는 고급주택가였다. 아, 지금은 그 정도의 재력이라면 쿵쿵거리는 소리도 콧노래처럼 들렸으련만 그때는 왜 그것이 넘지 못할 벽으로 여겨졌는지….

이런 코미디 같은 일을 고백하는 이유는 코를 쿵쿵거리는 것 하나 때문에 인연이 이어지지 못하듯, 사람들은 작은 눈빛 하나, 또는 사소한 말 한마디로 평생의 사랑을 확신하기도 한단다. 일상에서도 그렇지 않니? 작은 불씨 하나가 큰 산을 태우고, 작은 행동 하나가 수십여 년의 우정에 마침표를 찍게도 한다. 결론부터 말하자면, 사소한 일을 사소하지 않게 받아들여라. 그리고 그 사소함의 중요함에 감사하렴.

### 사소함의 소중함을 아는 여자가 사랑스럽단다

남자들이 여자친구나 애인, 혹은 부인에게 감동을 받는 것은 사치스러운 선물이나 특별한 이벤트만이 아니다. 자신이 뭘 원하는지, 어떤 것이 필요한지를 잘 파악해서 배려해주는 마음, 그리고 자신이 베푼 작은 친절에도 감사해할 때 정말 사랑스러워 보인다더라.

"저는 혼자 자취를 합니다. 어느 날, 늦게 퇴근해서 집에 돌아왔는데 갑자기 온몸이 으슬으슬하고 맥이 확 풀리는 거예요. 마침 제 여자친구가 안부 전화를 걸어와 '왜 목소리가 그렇게 힘이 없느냐'고 묻기에 몸 상태를 설명해줬어요. 걱정하지 말라고, 따뜻한 차 마시면 괜찮아질 거라고 안심을 시켰죠. 말은 그렇게 했지만 너무 아픈데 시간이 늦어서 약국을 가기도 그렇고 응급실에 갈 정도는 아니고 혼자 끙끙 앓기만 했습니다.

그런데 한 시간 후쯤, 벨소리가 나기에 나가보니 그 친구가 감기몸살약이랑 죽을 가져왔어요. 약도 먹여주고 머리맡에 앉아 이마에 손도 대서 열도 확인하고 계속 미지근한 차도 마시게 하고…. 제가 좀 안정된 것을 보고 일어나면 죽 데워먹으라면서 돌아가는 모습을 보고 저 여자, 내가 평생 사랑해야겠다는 다짐을 했습니다. 곰살궂지 않은 성격에 애교도 없지만 진득하게 저를 지켜줄 것 같아서요."

"얼마 전 이탈리아로 출장을 다녀왔어요. 휴가가 아닌 출장이라 일정이 빠듯했고 주머니 사정도 빈약했지만 여자친구에게는 선물을 하나 사주고 싶었어요. 마침 거리에 가죽공예 전문점이 있어서 가방을 하나 샀죠. 같이 간 동료들은 요즘 여자들이 다 명품이나 유명브랜드 제품을 좋아하지 이런 가방은 싫어할 텐데 사지 말라고 하더군요. 그래도 저는 제 마음을 담아 전하고 싶어서 여자친구의 이니셜을 새긴

특별한 가방을 구입했습니다. 동료들의 우려와 달리 제 여자친구는 너무너무 기뻐하고 행복해했어요. 세상에서 하나밖에 없는 이탈리아 최고급 수제 가죽백이라면서요. 작은 선물 하나에도 이렇게 감사해하고 의미를 부여하는 제 여자친구가 정말 사랑스럽게 보입니다. 솔직히 예전 여자친구에게 제가 정성껏 고른 선물을 준 적이 있는데 고마워하기는커녕 명품 브랜드가 아니라고 타박을 주더라고요. 그걸 계기로 서로에 대한 신뢰감이 사라지고 애정도 서서히 식어서 헤어졌습니다. 지금 이 여자친구가 진정한 명품이라고 생각합니다."

"부모님이 이혼하셔서 전 어머니와 함께 삽니다. 마음은 있어도 어머니에게 감사하다거나 사랑한다는 말을 표현도 못하고 곰살궂게 굴지도 못합니다. 그런데 제 여자친구가 제 어머니와 영화도 보러 가고 전시회도 같이 갑니다. 제가 부탁한 것도 아니고 어머니가 강요하는 것도 아닌데 어머니가 그동안 너무 외로우셨을 것 같다면서요. 저를 사랑하니까 제 어머니에게도 잘해드리고 싶다고 합니다. 제가 조건이 좋은 편도 아닌데 진심으로 제 마음을 헤아려주는 그 여자가 참 소중하게 느껴집니다. 특히 어머니가 그녀와 데이트를 하고 돌아와 행복한 표정으로 이야기를 전해줄 때 사랑이 마구 솟아오릅니다."

젊은 남자들로부터 이런 이야기를 들을 때마다 애교가 많고 몸매나 얼굴이 예쁜 여자보다 지혜로운 여성이 결국 사랑받는다는 것을 확인한다. 상대가 자신을 사랑한다는 이유로 무조건 사랑받기만 원해서는 안 된다. 사랑도 예술이고 기술이고 엄청난 노력이 필요하다.

사랑받는 여자들의 지혜가 어디서 나오는지 살펴보면, 타고난 감각과 능력도 있겠지만 가장 중요한 것은 '경청'의 힘이다. 그 사람의 말을 조금만 신경 써서 들으면 그가 느끼는 것, 원하는 것을 알 수 있다. 이렇게 작은 것에 신경을 쓰는 사람은 상대에게 '내 곁에 서서 힘든 시기를 같이 견뎌줄 거라 믿어도 되는 사람'이란 확신을 준다.

작고 사소한 일은 특별한 때가 아니라도 해주는 것이기 때문에 작은 일이 가장 중요하다는 걸 이해하지 못하는 이들도 있다. 사소한 일에 최선을 다하라는 것은 매 순간을 이벤트처럼 만들라거나 솜사탕처럼 달콤하게 만들라는 것도 아니다. 우선 상대의 말이나 표정을 주의 깊게 살피고 그에 따라 반응하는 것이 중요하다. 때론 침묵이 제일 좋은 반응이기도 하다.


때로는 말없이 이야기를 들어주렴

딸아. 어쩔 땐 살짝 입을 다무는 순간이 필요함을 간과하지 말길 바란다.

나도 직장 생활을 하다 보면 속 터지고 답답하고 억울한 일이 많았다. 그런데 동료나 친구들에게 털어놓고 그들의 조언을 듣고 나서도 항상 찜찜했다. 말로 털어놓고 나면 머리와 마음의 휴지통을 비운 듯 잠시 시원하긴 하지만 정작 휴지를 본 이들의 충고나 조언은 각각 해석이 다르더라. 그 마음이 너무 고맙긴 하지만 정작 그들의 조언이 정답도 해결책도 아니더라. 내 생각보다 더 과장되게 해석하기도 하고,

잘못 이해를 하기도 한다. 누군가 그저 내 이야기를 들어만 주고 고개만 끄덕여줬음 좋겠다 싶을 때가 많았다.

너도 네 남자친구가 가끔 자기 직장이나 다른 일에 대한 고민을 이야기하면 그냥 들어만 줘라. 어깨를 다독거려주거나, 손을 잡아주기만 해도 그 사람은 참 편안해할 거다. 네가 이해할 것은 그 사람의 기분이나 마음이지 그 사람의 고민은 아니다. "남자가 왜 그런 일에 짜증을 내나" "그게 왜 그렇게 힘들어할 상황인가"라고 따지거나 찬물을 끼얹을 필요가 없다. 어떤 사람은 몽둥이로 맞아도 별로 상처를 안 받지만 어떤 이들은 가시에 손가락만 찔려도 펄펄 뛰며 고통을 호소한다. 어떤 경우건 아파하는 이들에게는 "왜 병에 걸렸냐" "약 먹고 주사 맞아라"라는 말보다 "아유, 얼마나 아프겠냐. 다 잘 될 거다"란 공감이 필요하다.

커플이 건강한 관계를 맺고 있다면 서로 지도나 충고를 구하며 의지하는 것이 당연하다. 하지만 가끔은 상대의 말을 듣기만 하고 아무 말도 하지 않는 것이 그 어떤 말보다도 상대에게 더 많은 것을 말해줄 때가 있다. 그가 만약 불평하고 힘들어한다면, 그건 자신의 감정을 표현할 만큼 널 충분히 믿고 있다는 뜻이다. 다른 사람도 아닌 너니까 하는 말이라는 뜻이다. 그러니 그런 신뢰를 배신하지는 말아라.

또 그를 기쁘고 즐겁게 해주는 것만큼 그가 난감하고 당혹한 순간에 그의 체면을 살려주는 것도 필요하다.

난 여자이지만 남자가 데이트 비용을 모두 지불하는 것이 그 여자를 존중하고 대접해주는 것이라고 생각하지 않는다. 일본이나 서양 커플들처럼 칼같이 10원짜리까지 공평하게 나누는 것은 아니더라도 저번에 그가 식사비를 냈으면 다음엔 네가 낸다거나, 영화비를 네가 내면 그가 팝콘이나 음료수를 사는 등으로 형평성이 있어야 대등한 관계가 되지 않을까.

가끔 젊은 남성들이나 후배들로부터 '어제 여자친구의 친구들에게 한턱냈는데 너무 많이 먹어 완전히 파산할 뻔했다' 등의 이야기를 듣는다. 아무리 사랑하는 여자의 친구들에게 좋은 인상을 주기 위한 자리라고는 해도 몇 십만 원씩 밥을 사야 하는데 마냥 즐거워하고 아무 부담도 느끼지 않을 남자가 있을까. 만약 월급을 받기 직전에 주머니가 빈 상태라면 네가 몰래 네 카드를 전해주며 그의 체면을 살려주는 것도 필요하다. 물론 그게 습관이 되어 자기 친구들이나 동료를 만날 때도 카드를 빌려달라고 한다면 제동을 걸어야 하겠지만 말이다.


## 그가 원하지 않는 것을 하지 않는 것

정말 사소한 것인데 치명적인 영향을 끼치는 것이 뭔지 아니? '그가 원하지 않는 것을 하지 않는 것' 또는 '그가 듣고 싶지 않은 말을 하지 않는 것'이란다.

누구에게나 극도로 꺼리는 말과 행동이 있고 트라우마나 취약점인 아킬레스건이 있다. 그걸 구태여 건드릴 필요는 없다. 그게 진정한 배려다. 사랑의 진정한 가치는 그런 배려에 있다.

그건 꼭 사랑하는 사이만이 아니라 인간관계의 기본이고 삶에서 꼭

해야 할 노력이다. 상대가 좋아하는 것과 안 좋아하는 것을 익히고, 힘 들 때는 서로 지원해주고, 좋을 때는 서로 격려해줘야 인간관계도 풍성해진다. 평소 작은 것들을 꼼꼼히 관찰하고 그에 따라 상대가 좋아할 만한 특별한 일을 해주는 것도 포함된다. 사려 깊게 행동하면 타인들과 더 깊게 연결되고 사랑하며 살 수 있다. 에리히 프롬은 《사랑의 기술》에서 다음과 같이 말했다.

> 어린아이의 사랑은 '나는 사랑받기 때문에 사랑한다'란 원칙에 따르고, 성숙한 사랑은 '나는 사랑하기 때문에 사랑받는다'라는 원칙에 따른다. 성숙하지 못한 사랑은 '그대가 필요하기 때문에 나는 그대를 사랑한다'는 것이지만 성숙한 사랑은 '그대를 사랑하기 때문에 나에게는 그대가 필요하다'는 것이다.

## 30초의 시간이면 충분하단다

한국의 석학 이어령 선생이 최근 펴낸 책 《딸에게 보내는 굿나잇 키스》를 보면 이런 내용이 나온다. 지금도 서재에 컴퓨터를 몇 대나 설치하고 하루종일 공부하고 글을 쓰는 선생은 젊은 시절엔 워커홀릭이었다. 어린 딸은 잠자리에 들기 전 아버지의 굿나잇 키스를 기대하고 서재 문 앞에서 그를 부르곤 했다. 하지만 일에 몰두하고 있던 아버지는 등을 돌린 채 돌아보지 않았다. 딸의 기억은 이랬다. "아버지가 집에 들어오시면 팔에 매달려 사랑받고 싶었는데, 피곤한 아버지는 '밥 좀 먹자' 하면서 밀쳐내셨다." 식사 후엔 다시 서재로 돌아가 등만 보였다. 딸은 성장해 검사와 변호사가 되고 목회자가 됐다. 사회적으로 성공했지만 한 인터뷰에서 '어린 시절, 아빠의 사랑이 그리웠다'고 했다. 그 딸이 암으로 53세란 나이에 하늘로 간 후 이어령 선생은 이 책을 쓰며 이런 소회를 밝혔다.

아무리 바빠도 30초면 족하다. 사형수에게도 마지막으로 하늘을 보고 땅을 볼 시간은 주어지는 법이다. 어떤 상황에서라도 사랑을 표현하는 데 눈 한 번 깜박이는 순간이면 된다. 그런데 그 30초의 순간이 너에게는 30년, 아니 어쩌면 일생의 모든 날이었을 수도 있겠구나. (중략)
행복에는 절대의 타이밍이란 게 있다. 누군가를 사랑할 때도, 결혼할 때도, 아이를 가질 때도 그렇다. 조금만 더 빨랐거나 조금만 더 늦었어도 그토록 행복하지 못했을 순간이 있다.

아버지와 딸만이 아니라 연인 사이에도 '사랑한다'고 말해주는 것, 작은 일에도 감사할 줄 아는 것은 너무 소중하고 평생을 좌우하는 일이기도 하단다. 연인을 선택하는 기준 역시 10여 년간 지속 관찰한 결과도 아니고 엄청난 조건도 아니다. 그저 30초 정도에 지어 보이는 미소, 30초 정도에 보여주는 리액션, '고마워요' '멋져요' 같은 말들이다. 특히 무뚝뚝하고 무딘 것 같은 남자들도 자신이 한 작은 표현, 사소한 로맨스에도 감동하고 감사를 표하기를 바란다. 그런 사람은 남녀를 막

론하고 누구에게나 사랑받는다.

그래서 난 네가 지금은 애인이 없지만 근사하고 멋진 사랑꾼이 될 거라고 믿는다. 네가 평소에 수시로 말로 사랑과 감사를 표현하기도 하지만 직접 행동으로 보여주기 때문이다.

이번 여름에 우리 가족은 파리에 갔지. 우리 가족에게는 다섯 번째 파리 여행이고 내겐 열 번째가 넘는 여행이다. 파리에 갈 때마다 에펠탑을 직접 보거나 지나가며 바라보고 그 앞에서 사진을 찍기도 했다. 하지만 이번 파리 여행에서의 에펠탑은 특별했다. 네가 밤이면 아름다운 조명이 켜지는 에펠탑을 제대로 즐기자며 밤의 피크닉을 준비한 덕분이다. 우리는 바닥에 깔 매트, 작은 샴페인과 와인, 체리와 치즈 등의 안주와 간식을 준비해서 에펠탑 인근의 잔디밭으로 갔다. 잔디밭에 앉아서 서로 축복의 덕담을 나누며 마신 와인, 그리고 느긋하게 바라보던 에펠탑은 예전에 그토록 자주 보던 건축물이 아니라 내 마음속의 에펠탑이 됐다. 네가 준비한 피크닉이 정말 영원히 못 잊을 추억을 만들어주었다. 럭셔리한 크루즈 여행보다, 미슐랭 별이 3개나 달린 레스토랑에서의 식사보다 그 소박하고 조촐하지만 사랑이 가득한 순간은 우리 가족에게 에펠탑의 조명보다 더 밝고 영원한 순간을 만들어줬다. 그러니 네 연인에게도 이런 소중한 순간을 자주 만들어주렴.

딸아. 사소한 말 한마디도 귀담아 들어주고, 사소한 눈빛과 손길의 의미를 알길 바란다. 그리고 사소한 일도 사랑의 불을 켜면 반짝반짝

하는 중요한 일이 된다. 매일 물을 주는 사소한 일이 꽃과 나무를 키우듯 네 사랑도 그런 사소함을 양식으로 무럭무럭 자라날 거란다.

《어린왕자》에도 이런 말이 나오지 않니. "네 장미꽃을 그렇게 소중하게 만든 것은 너의 장미꽃을 위해 네가 들인 시간 때문이야"라고.

# 자연스러운 것이
# 가장 아름답다

엄마는 예전에 취재를 하러 강남의 한 대형 성형외과에 갔다가 충격을 받은 적이 있단다.

아주 성업 중인 그 병원에는 전문의들 외에도 상담실장을 비롯해 간호사들이 10여 명이 있었다. 그런데 그 간호사들이 모두 일란성 쌍둥이인 듯 똑같은 얼굴을 하고 있는 거 아니겠니. 동그랗게 솟아오른 이마, 앞트임과 뒷트임으로 길게 확장한 눈, 눈 밑의 애교살, 자가지방이식으로 볼록하게 부풀린 뺨, 앵두 같은 입술, 날렵한 턱선 등등…. 이목구비를 또렷하게 보이려고 올린 머리에 같은 유니폼을 입고 있고 비슷한 얼굴을 한 여성들을 보자 공포 영화의 한 장면이 떠올려졌단다.

그런데 그 가운데 한 명, 갓 들어와 아직 의느님(하느님 같은 수술 실력의 의사)의 손길이 닿지 않은 신입 간호조무사가 유난히 돋보이더구나. 화려한 장미 꽃다발 사이에 꽂힌 소박한 들꽃 같은 느낌이라고나 할까. 쌍꺼풀이 없는 눈이 오히려 신선했다.


완벽한 모습을 보여주지 않아도 괜찮다

딸아. 여자들은 남자를 만나면 그 사람에게 최고의 모습만을 보여주려 하고 가장 완벽한 자세를 취하려는 경향이 있는 듯해.

언젠가 한 모임에서 티타임을 가졌는데 한 여성이 차를 마시고는 바로 찻잔에 묻은 립스틱 자국을 지우고 다시 차 한 모금 마시고 또 지우는 모습을 봤어. 그런데 그녀의 섬세함과 조신함에 감탄하면서도 은근히 신경이 거슬리더구나. 여자들만 모인 자리에서는 그런 모습을 본 적이 없었거든. 그런 사소한 자리에서도 여성은 완벽한 모습을 보여야 한다는 긴장감을 가져야 하는 걸까.

외모나 태도만이 아니다. 자신의 집안 환경이나 주변 상황 등을 적절히 미화해서 혹은 부풀려서 이야기하는 경우가 많다. 공상허언증 정도는 아니지만 집안의 경제력은 물론 취미나 성격마저 자신의 본성이 아니라 남자들에게 사랑스러운 스타일로 묘사하는 이들이 있다. 혹은 일부러 순수, 순진을 가장하는 이들도 있다. 그리고 여전히 그런 '위장'에 속는 남성들도 있다.

눈이 높기로 유명한 명품회사 간부인 노총각이 결혼을 발표했을 때 업계가 들썩거렸던 적이 있다. 그 까다로운 남자를 사로잡은 여성은 대체 누구일까 궁금했다. 그 노총각은 "제 주변엔 온통 명품 브랜드를 줄줄 꿰고 전셋값 정도의 고가품을 주렁주렁 걸치고 다니는 여자들이 많은데 그 여자는 아주 흔한 명품 브랜드도 잘 모르더라고요. 그 수수함이 너무 마음에 들었죠"라며 신붓감을 자랑을 했다. 주변에선 서울 강남 청담동에 20여 년을 산 여성이 명품 브랜드를 모르는 게 말이 되느냐, 그 여자는 텔레비전 광고도 안 보고 백화점도 안 가느냐고 수근거렸지만 그 남자는 '순수녀'를 믿고 선택했다.

얼마 후 주변 사람들의 증언을 들어보니 그 부인은 명품마니아였다고 한다. 남편이 첫 데이트에서 허영 많은 된장녀들에 대해 비호감을 보이는 것을 파악하고 그의 기호에 맞춘 것이다. 옷차림도 헤어스타일도 소박한 스타일로 바꾸었다고 했다. 1년 후 결국 그들은 이혼을 했다. 이유는 정확히 모르지만 서로의 민낯을 보여줘서가 아닐까. 남자의 비위를 맞추기 위해 '명품을 모른다'고 했지만 정말 명품을 사랑했던 그 여자는 그걸 감추기 위해 더 많은 것을 감춰야 했고 일상에서 살짝살짝 어긋난 말과 태도가 결혼생활 전체를 뒤흔들어 불신을 심어주었을지도 모른다.

이상형의 공식은 이제 없단다

아무튼 자신을 만나는 순간을 위해 그토록 신경을 쓰고 정성을 들인 점에 남자들은 감동과 감사함을 느끼기는 한다. 하지만 그건 교제를 막 시작했을 때, 서로 막 알아가는 시점에나 가능한 이야기다. 그리고 그렇게 애쓰는 게 부질없는 일일 수도 있다.

과거엔 연애나 사랑, 혹은 이상형에도 모범 답안과 공식이 있었지만 이제는 '개인의 취향' 시대다.

어떤 남자는 귀여운 성격을, 어떤 남자는 조신한 태도를, 또 어떤 남자는 배려심을, 그 누군가는 유머감각을 가장 우선순위로 둔다. 물론 대부분의 남자들에게 그보다 더 중요한 것은 외모이겠지만 요즘은 외모에 대한 기준도 각각 다른 것 같다. 여덟 명의 개성이 다른 여성들로 구성된 소녀시대의 경우에도 애교만점의 써니부터 털털한 이미지의 효연까지 각각 팬클럽이 있으니 말이다. 모든 남자들이 좋아하는 타입으로 통일해서 만인의 연인이 될 필요는 없다.

워낙 인터넷 포털사이트 등에 여성심리에 관한 이야기며, '할리우드 스타들의 쌩얼' '아이돌 걸그룹 진짜 키는?' 등의 기사가 넘쳐 이젠 어지간히 무딘 남자들 외에는 다 안다. 그 두꺼운 화장 안에 감춰진 민낯이며, 성형수술의 아련한 흔적이며, 두툼한 브래지어 패드 속에 가려진 앙증맞은 가슴 크기의 실체를 말이다. 아무리 높은 굽의 하이힐을 신어도 굽 높이를 뺀 실제 키도 짐작한다. 조신한 척하다가 방심한 순간에 은은히(?) 드러나는 상스러운 태도나 무식함도 파악한다. 그러니 너무 예쁜 척, 착한 척, 조신한 척, 똑똑한 척, 있는 척을 하느라 탈진할 이유가 없다.

얼마 전 한 기업의 신입사원 대상 강의를 하러 갔다가 몇몇 남자 직원들에게 물어봤다. 어떤 여성이 사랑스러운가, 또 결혼을 결심하게 되는 여성은 어떤 여성인가 등등…. 무조건 연예인 아무개를 닮은 예쁜 얼굴이거나 능력 등 조건을 따질 줄 알았는데 의외의 답을 들었다.

"사실 처음 만날 때는 외모나 학교, 직업 등 스펙이 입력되긴 합니다. 그런데 가장 마음이 열리는 여성은 자연스러운 여성인 것 같아요. 일부러 자신을 감추거나 돋보이려고 너무 안간힘을 쓰는 여자들은 좀 부담스러워요. 사람들은 각자 장점과 단점이 있는데 그걸 본인이 알고 인정하는 사람이 상대를 편안하게 해주고 만남도 오래 지속되는 것 같더군요."

"너무 귀엽고 사랑스러운 척하는 것도 잠깐이지 항상 혀짜래기 소리로 지나치게 애교를 부려도 피곤합니다. 또 좋으면 좋다, 싫으면 싫다 등의 표현이 확실한 여자가 좋습니다. 제 일이나 사회생활만으로도 머리가 터질 것 같은데 애매모호한 말을 하거나, 자꾸 이랬다저랬다 하는 여자는 정말 피곤해서 절대 결혼은 못할 것 같습니다."

"제 여자친구는 좀 무식한 편이예요. 신문도 안 보고 책도 거의 안 읽어요. 그런데 그걸 부끄러워하기는커녕 '오빠, 오빠가 알아서 나한테 쉽게 알려주면 되잖아. 왜 내가 북핵 문제나 중국 증권시장까지 알아야 해. 책 읽는 시간에 운동해서 이렇게 몸이 날씬하면 그것도 좋은 것 아냐?'라고 해요. 가끔 황당하기는 하지만 그 당당함에 오히려 고개가 끄덕거려진다니까요. 그런데 책을 안 읽는데도 지혜롭고 솔직한 성격 덕분에 대인관계도 좋아서 직장생활도 잘 하니 다행이죠."

그 이야기들을 듣고 내 청춘시절의 흑역사(?)가 떠올랐다.

난 너무 잘났고 그걸 매번 잘난 척으로 확인시켜주는 오빠들, 즉 네 외삼촌들 덕분에 엄청난 열등감에 시달리며 자랐단다. 나보다 일곱에서 열다섯까지 나이가 많고 명문학교 출신에다 엄청난 독서량과 독설로 무장한 그들은 '넌 그것도 모르지?' '네가 그걸 알아?'란 말을 수시로 했다. 또래 친구들보다 훨씬 상식이 풍부했음에도 불구하고 난 항상 스스로 무식하다, 상식이나 교양이 부족하다 등등의 자괴감을 느꼈다.

대학 1학년 때, 명문대 의대 본과 2학년생과 소개팅을 했다. 만남을 주선한 내 친구의 말에 따르면 너무 점잖고 귀티 나게 생긴 그 사람이 오케스트라 단원이며 클래식 음악을 좋아한다기에 그 다음날로 클래식 음악을 소개하는 초보 수준의 책을 사서 부지런히 읽었다. 몇 번 만나며 베토벤 교향곡, 바하의 무반주 첼로곡 등을 은근히 아는 척했는데 어떤 음악가를 가장 좋아하느냐고 물었다. 마침 당시 프랑수아즈 사강의 《브람스를 좋아하세요》란 소설을 읽는 중이어서 '브람스'라고 했다. 정작 브람스 음악에 대해선 잘 모르면서 말이다.

얼마 후 같이 영화를 보는데 그 사람이 평범하기 짝이 없는 장면에서 내게 미소를 보냈다. 왜 그런지 이유를 몰라 애매한 미소로 화답했는데 "지금 배경음악이 브람스 작품이잖아요"라고 하더라. 당시 너무 순진했던 나는 엄청난 비밀을 들킨 듯 난감한 표정을 지었다. 당연히 그는 눈치 챘을 게다. 내가 브람스에 대해 잘 모른다는 것을….

그 사람과는 대부분 연극, 영화, 음악회 등을 다니느라 마주보는 시간이 드물었고 항상 옆에서 그 작품에 엄청나게 감동해 몰입하는 태도를 연출하고 감독이며 작가들 이름을 줄줄이 대느라 집에 오면 정말 피곤했다. 그 사람도 얼마 후 "우리는 매일 세미나나 교양강좌를 하는 것 같다"고 했다. 결국 손도 잡지 못하고 3개월 만에 헤어진 그 사람 덕분에 얻은 교훈은 '모르는 것은 모른다고 하자'는 거였다. 그 후론 절대 모르는 것을 아는 척하지 않는다. 대학교 1학년 학생이, 그것도 음대생도 아닌데 클래식 음악을 줄줄이 꿰어야 할 이유도 없고 프랑스 구조주의 철학자 이름을 알아야 되는 것도 아닌데, 그때는 왜 그런 것에 연연해했을까…. 그 사람은 내 이름이나 얼굴도 잊었을지 모르지만 '클래식도 모르면서 괜히 아는 척하던 겉멋 든 여자'로 기억하지 않을까. 그때 대학 신입생다운 풋풋함을 내세우거나 우리 오빠들에게 구박받은 이야기를 털어놓아 동정심이라도 샀다면 그렇게 어색하고 서툰 만남으로 끝나진 않았을 것 같다.

내가 생각하기에 나의 장점은 지식과 상식이 아니라 맞장구쳐주기다. 무슨 말을 해도 잘 들어주고 고개를 끄덕이고 때론 물개 박수를 치며 '저런' '어머나' '정말?' 등의 추임새도 잘 한다. 딱딱하고 말수가 적은 어르신들도 나와 인터뷰를 하면 비교적 말을 잘해주신다. 이런 장점을 두고 왜, 왜 그때는 그렇게 '지적인 여자' 코스프레를 했을까. 왜 내 장점을 발휘하지 못하고 그의 취향에만 맞추려 했을까.

자신을 좋아하는 사람은 따로 있다

개그우먼 이성미 씨는 키가 참 작다. 50대 중반의 나이에도 인형같이 앙증맞은 모습이다. 내가 출연하는 〈동치미〉란 방송 프로그램에 같이 나오는데 함께 라디오를 진행하는 가수 노사연 씨는 "성미는 처녀 시절에 정말 남자들에게 인기가 많았다"고 증언(?)했다. 다들 7등신, 8등신의 키가 크고 풍만한 여자를 좋아할 것 같지만 이성미 씨처럼 작고 귀여운 여성을 보고 '주머니에 넣고 다니고 싶을 만큼 귀엽다'며 넋을 잃는 남자들도 많다. 반면 톰 크루즈는 자기보다 키가 훨씬 더 큰 여자와 주로 사귄다. 니콜 키드먼, 케이트 홈즈 등 그와 결혼했던 여자들은 다 그보다 키가 크다. 170~173센티미터 정도면 그리 작은 키도 아닌데 유난히 우러러 보는 여자를 원한다. 이처럼 작은 키나 큰 키도 절대 약점이 아니고 사랑스러운 조건이 되는데 억지로 높은 굽의 구두를 신거나 어깨를 구부정하게 구부리고 다닐 이유가 없다. 그저 있는 그대로의 자신을 내가 먼저 사랑하면 남들도 사랑해준다.

'자기다움'으로 가장 성공한 여성의 예로 심프슨 부인을 들고 싶다.

"사랑하는 여인의 도움 없이는 국왕의 책무를 다할 수 없습니다. 조금 전 저는 왕위를 포기했습니다."

1936년 12월 11일, 영국의 국왕 에드워드 8세는 '사랑을 위해 왕위를 버린다'라고 선언해 영국만이 아니라 전 세계에 충격을 주었다. 영국 왕의 왕위조차 버리게 한 여성, 세기의 로맨스이자 스캔들의 주인공인 심프슨 부인을 보면 '자연스러움'이 가장 큰 무기인 것 같다. 영국이 지금보다 훨씬 강한 힘을 가졌던 시절, 영국 귀족도 아니라 두 번이나 이혼 전력이 있는 미국 출신의 심프슨 부인은 사교모임에서 윈저공을 만나 그의 마음을 사로잡았다. 트렌스젠더란 소문도 있을 만큼 중성적인 얼굴, 가늘고 긴 코와 마른 몸 등 결코 미인이라고 할 수 없고 교양이 풍부한 여성도 아니었는데 그는 어떻게 총각인 왕자를 매료시켰으며 왕위, 그것도 대영제국의 왕좌를 포기하게 만들었을까.

한 기사를 보니 미국인인 데다 당시 유부녀였던 심프슨 부인은 그 대단한 영국 왕자를 만나서도 굽신거리거나 아양을 떨지 않았단다. 중국 등 외국생활 경험도 풍부해 화젯거리도 많아 어느 자리에서나 사람들을 편안하고 가벼운 분위기로 이끌었다는구나. 항상 숨 막힐 것 같이 엄격하고 절제된 왕실, 에티켓과 궁중 의전에만 신경 쓰는 사람들 사이에서 쾌활하게 웃고 음담패설도 잘하던 심프슨 부인은 청정수 같은 존재였겠지. 왕위에 기죽지도 않고, 자신의 과거는 물론 매력까지 감추지 않고 그대로 드러낸 것이 윈저공을 너무나 평화롭게 해줬단다. 심프슨 부인은 결혼식에도 자기 색을 맘껏 드러냈다. 자신의 푸른 눈동자를 강조하고, 또 자신의 결혼을 반대한 영국 왕실에 복수하는 의미로 순백의 전통 웨딩드레스 대신 푸른색 드레스를 입었다. 죽을 때까지 윈저공은 부인을 사랑했고 그녀에게 끝없이 보석을 선물하고 평생을 함께했다.

또 한 예로, 엄마 지인의 아들은 이른바 '엄친아'다. 성격도 서글서글 모나지 않고 학벌, 직장, 외모도 준수하다. 집안도 화목하고 경제적으로 여유도 있다. 그런 자랑스러운 아들이 선택한 여자가 홀아버지와 함께 살고 평소에 동문을 찾기 어려운 대학을 졸업한 데다 외모도 그리 화려하지 않은 여성이란다. 아들 회사에서 인턴도 아닌 아르바이트를 하던 그녀와 사랑에 빠졌다니 부모로서 기쁠 리가 있겠니. 그런데 아들은 그녀가 어려운 환경에서도 꿋꿋하게 성장했고, 매사 긍정적이며 자신을 즐겁게 해주는 여성이어서 평생 함께하고 싶다고 했단다. 부유한 명문가 집안에 좋은 학벌, 아름다운 외모를 갖춘 여성들은 많지만 너무 자신을 포장하고 이기적인 이들이 많아 부담스럽다고도 했단다. 그 어머니는 이렇게 말했다.

"우리 아들이 말하기를, 자기가 원하는 아내는 편안한 여자래요. 자기가 전쟁터 같은 직장에서 지쳐 돌아왔을 때 다독거려주는 여자, 혹시라도 실패하거나 좌절했을 때 어쩔 줄 몰라 하는 귀하게만 자란 여성보다 '뭐 더 최악의 상황도 겪었는데 이 정도면 이길 수 있을 거예요. 우리가 힘을 합하면 노점상인들 못하겠어요' 하며 용기를 줄 여자가 좋다네요. 아유, 어쩌겠어요. 지가 좋다는데…."


착한 여자가 되려 애쓰지 마라

많은 여자들이 남자를 만나면 갑자기 '착한 여자병'에 걸린다.

남자들이 무슨 이야기를 해도 "좋아요" "이해해요" "그렇죠, 뭐"라며 고개만 끄덕인다. 그게 상대를 존중해주는 것이라고, 그런 착한 여자를 남자들이 사랑할 거라고 착각해서다. 정작 남자들이 좋아하는 여자는 '여우인데 지혜롭게 착할 때가 있는 여자'지 자기 의견도, 주장도 없이 마냥 고개를 끄덕이기만 하는 여자는 아니다. 대학 시절부터 창업을 해 사업을 일군 야무진 한 청년도 이상적인 여성상을 '자연스러운 여자'라고 했단다.

"화가 나면 화를 내고, 기쁘면 폴짝폴짝 뛰는 등 자기 감정에도 자연스럽고, 만나고 싶지 않을 때는 '오늘은 정말 피곤하다. 내일 만나자'라고 말하는 여자에게 끌려요. 내 생각과 다를 때는 다르다고 말해야 오히려 제 자존심이 존중받는 것 같아요. 물론 '아니다' '내 생각과 다르다'라고 말할 때는 화를 내거나 짜증을 부리는 것이 아니라 예의를 갖춰 현명하게 말해야겠죠."

딸아. 사람도 태도도 상품도 자연스러운 것이 가장 아름답다.

네 자신의 장점과 단점을 잘 파악한 다음, 네가 가장 편안하고 자연스러운 상태가 되도록 해라. 그래야 남들에게도 편안하고 멋지고 아름답게 보인다. 외모도 그렇고 가정형편도 마찬가지다. 부모의 이혼, 자신의 질병 등이 그리 치명적 결점이 되는 건 아니란다.

그렇다고 지나치게 솔직해서 구구절절 온갖 치부를 다 드러내란 것이 아니다. 허구로 포장하거나 거짓말을 해서는 안 되지만, 객관적으로 남들에게 불쾌함이나 불편함을 주는 태도를 보이며 '난 원래 이런 여자야' '생긴 대로 살래'라고 주장해서는 안 된다. 그건 뻔뻔하고 무책임한 일 아니겠니?

어떤 게 자연스러움인지 한번 생각해보렴. 사랑만이 아니라 사회생활에서도 '자연스러움'처럼 매력적인 무기도 없는 것 같다.

현재 국내에 100여 개의 직영 미용실을 운영하는 준오헤어의 강윤선 대표를 처음 인터뷰했을 때의 기억이 생생하다. 당시에도 수십 개의 미용실을 운영하는 헤어디자이너이자 경영자였는데 겸손하기 그지없었다.

"전 야간 여상을 다녔어요, 집안도 가난했고 공부도 별로 잘하지 못했어요. 어느 날 미장원에 가서 앞머리만 살짝 고데(웨이브를 주는 것)를 하고 있는데 어떤 아주머니가 미용실 주인에게 자기 짐을 맡아달라고 하는 거예요. 그런데 주인이 거절하더라고요. 그때 저는 '저 짐을 보관해주면 저 아줌마가 단골이 될 텐데 왜 거절할까. 그리고 세상이 아무리 발전해도 머리카락은 계속 자라니 미용이란 분야가 유망하겠구나' 란 생각을 했어요. 그 다음날 학교를 그만두고 미용을 전문으로 가르치는 학원으로 갔죠. 그래서…."

그 후 숱한 어려움이 있었겠지만 강윤선 대표는 대한민국에서 가장 성공한 미용인이 되어 박사들도 얻기 어려운 대학교수란 직함도 얻었다. 그가 자신의 학벌이며 가정환경을 그토록 자연스럽고 당당하게 말할 수 있는 것은 그의 자신감 덕분이다. 해외 명문대 박사도 알지 못하는 전문성, 주변 사람들과 직원들을 배려하는 마음, 고객들과의 공감력 덕분에 그는 항상 자신감에 넘친다. 그리고 그걸 교만하게 자랑하는 것이 아니라 겸손함으로 포장해서 더 귀하게 보인다. 자연스러움은 자신감과 당당함에서 우러나올 때 아름다운 것 같다.

## 단점을 덮다가 매력마저 감출 수 있다

딸아. 사람들은 누구나 매일 자신을 감추고 분장을 하고 연기도 한다. 재미없는데 즐거운 척도 하고 맛없는 음식도 맛있다고 덕담을 한다. 그러나 그게 매너가 아니라 진짜 연기라는 것이 밝혀지면 신뢰감이 사라진다. 사랑은 신뢰가 바탕일 때 지속된다. 아무리 겉이 아름다워도 거짓말쟁이와 얼마나 오래, 바른 관계를 유지할 수 있겠니. 뭔가 찜찜하고 의심스러운 상황에서 탄탄한 사랑의 토대를 다져갈 수 없단다.

네 약점에 기죽지 말고 또 그걸 남들에게 굳이 감추려 들지 마라. 그 약점을 충분히 덮을 수 있는 장점이 네겐 수두룩하다. 그 장점을 무기 삼아 더욱 더 자신감을 갖길 바란다. 입술이 닳도록 강조하고 싶다. 넌 정말 귀하고 멋진 사람이다. 장미는 장미대로, 국화는 국화대로 그 자체로 아름답다. 너도 네 존재 자체로 귀하고 소중한 사람임을 잊지 말아라. 그러려면 무엇보다 네가 네 자신에게 정직해져야 한단다.

## 익숙하다고
## 흐트러진 모습을 보이지 말 것

언젠가 한 후배가 흥분한 말투로 이런 이야기를 전했다.

"선배. 아무개 부사장 알죠? 모 그룹 후계자고 미스코리아 누구랑 결혼한 사람이요. 그 사람이 제 남편이랑 고교 동창이거든요. 남편이 그러는데 저녁식사를 하고 와인을 마시는 자리에서 친구들이 그 사람에게 '미스코리아 출신의 아내와 사니 얼마나 행복하냐'고 부러움에 가득차서 물었대요. 그런데 그 사람이 아주 시큰둥한 표정으로 '처녀 때야 미스코리아였겠지. 지금은 뭐 밤에 화장 지우고 머리 산발해서 이리저리 다니는 모습을 보면 집에 코끼리 한 마리가 다니는 것 같다'라고 하더래요. 자기 마누라가 어린 아들 둘 키우느라 외모를 가꿀 여유가 없을 텐데 고마워하기는커녕 코끼리라뇨. 하긴 저도 은근히 그런

미인들도 나이 들고 아이 낳으면 미모가 사라지는 것이 살짝 고소하긴 했어요. 그래도 남자들 너무 이기적이지 않아요?"

너와 내가 즐겨 보던 미국 드라마 〈섹스 앤 더 시티〉 기억하지? 모녀가 같이 보기에 적절한 드라마는 아니지만 우리는 자주 키득거리며 봤다. 한 에피소드에서 여주인공 캐리가 연인 빅과 황홀한 잠자리를 마친 후 귀여운 고양이처럼 그의 가슴에 파고들다가 방귀를 뀌었다. 캐리는 너무 무안해서 어쩔 줄 몰라 하고, 빅은 마치 엄청난 약점을 잡은 듯 킥킥거리며 놀리고. 결국 캐리는 부끄러워 며칠 동안 연락조차 못한다. 애인 앞에서 방귀를 한 번 뀌었다는 이유만으로 죄인 취급을 받고 놀림감이 되다니…. 왜 남자들은 애인이 트림이나 방귀를 뀌면 그렇게 불쾌해하거나 실망을 할까. 자신들은 더 독한 냄새를 풍기면서 말이다.

네 자신을 위해서 자신을 살필 필요가 있다

맞다. 남자들은 대부분 이기적이다.

여자들의 외모와 행동에 관해서는 더더욱 무한한 환상을 갖고 있고 더 가혹한 평가를 한다. 처음에는 얼마나 얼굴이 예쁜가, 몸매가 날렵한가, 옷을 센스 있게 입었는가 등등을 보지만 친숙해진 후에는 그 상태를 얼마나 잘 유지하는가를 따진다. 남자들은 처음 만났을 때의 그 미모가 절대로 변하지 않을 거라 착각을 한단다.

그런데 정작 여성들은 어디 그러니.

요즘 말로 '썸'을 타는 관계, 아직 연인이 아닌 상태에서는 여신 같은 미모를 보여주려고 노력하지만 일단 '연인' 관계가 확고해지면 긴장이 풀어져서인지 별로 신경을 쓰지 않는 것 같다. 외모뿐만 아니라 말이나 태도 등에서도 공주가 마법이 풀려 마녀가 된 것 같은 상황을 보이기도 한다. "사랑하는 사람이라면 내가 휴지통에 빠져 있거나 이가 다 빠진 할머니가 되어서도 아름답게 봐줘야 하는 것 아닌가요? 남자들도 배가 불룩 나오고 담배 냄새를 풍겨도 우린 다 참는데…"라고 이의를 제기하는 이들도 있을 게다. 억지로 가증스럽게 외모와 본심을 감추고 연기하라는 말이 아니다. 그 사람을 위해서가 아니라 네 자신을 위해서 가능한 한 스스로를 가다듬고 살피는 정성이 필요하다는 것이다.

한때 미국과 일본 등에서 프랑스 여성에 대한 연구가 한창이고 그 나라에 사는 프랑스 여성이 쓴 날씬한 몸과 세련된 옷차림에 관한 책이 베스트셀러가 된 적이 있다. 왜 수시로 와인을 마시고 탄수화물이 가득한 바게트나 크로와상, 치즈 등을 먹는데도 프랑스 여성, 특히 파리에 거주하는 파리지엔느들은 연령에 상관없이 날렵하고 무심하게 걸친 스카프 하나도 그렇게 멋스러울 수 있는가가 의문이었단다. 프랑스인의 유전자 덕분일까, 혹은 엄청난 비법이 있는 걸까. 파리에 사는 젊은 여성(내 친구의 20대 딸)에게 비결을 물었더니 '우월한 유전자'가 아니라 '끊임없는 절제와 노력' 덕분이라고 하더구나.

"프랑스 여성이 모두 날씬하지는 않아요. 프로방스 등 시골에 가보면 토실토실한 처녀들도 있고 아줌마들은 펑퍼짐한 체형도 많아요. 다만 파리에 사는 여성들은 파리에 사는 한, 절대 뚱뚱해서는 안 된다는 자기 나름의 철칙이 있는 것 같아요. 파리 사람들은 일단 절대 과식을 하지 않아요. 아침도 바게트 빵 4분의 1조각과 커피, 혹은 주스가 대부분이고 점심, 저녁도 신선한 샐러드 등 좋은 식자재로 만든 것을 아주 아주 천천히 대화하며 음미하듯 먹어서 폭식을 할 리도 없고 그사이에 소화가 되죠. 어지간한 곳은 다 걸어서 가고요. 패션의 본고장이라고 해도 옷을 고를 때는 브랜드가 아니라 자신의 체형과 취향에 맞는 옷을 골라서 적절하게 연출해서 입어요. 특정 스타일이나 색상이 유행한다고 해도 절대 따라하지 않아요. 동네 빵집에 갈 때도 흐트러진 차림으로는 나가지 않아요. 그런 긴장감이 파리지엔느를 세계 최고의 멋쟁이로 평가받게 하는 것 같아요."

생각해보니 30년 전부터 프랑스, 특히 파리를 갔지만 우리나라처럼 잠옷 같은 옷(서울 시내 한복판에서 수면바지를 입고 다니는 젊은 여성도 봤다)이나 해변가나 목욕탕에서 신는 슬리퍼를 신고 거리를 다니는 여성을 본 적이 없다. 할머니들도 이른 아침에 재킷이나 카디건 등 정장에 스타킹까지 완벽하게 갖춘 차림으로 동네 빵집에서 빵을 사고 산책을 했다. 전혀 신경 쓰지 않은 것처럼 두른 스카프나 단순한 액세서리도 알고 보면 그날 아침 거울 앞에서 몇 번이고 확인한 것이고 그렇게 수십여 년간 시도를 해서 자신만의 스타일을 만든 덕분에 다들 멋쟁이로 보인다. 그래서 프랑스 여성들은 나이 들어서도 남성들에게 아줌마나 할머니가 아니라 매혹적인 여성으로 보이나 보다.

음… 이런 글을 쓰면서 무척이나 양심의 가책을 느낀다. 솔직히 별로 단아하거나 음전하지 못한 성격이라 남자와 데이트를 할 때도 수시로 음식을 흘리고, 가끔 스커트의 밑단이 뜯어진 것을 스카치테이프나 스태플러로 응급 처지하는 것을 아주 자연스럽게 생각했던 나의 옛 모습이 떠올라서다. 결혼 후에는 섹시하고 화사한 홈웨어나 나이트가운은커녕 무릎이 튀어나온 츄리닝(트레이닝보다 훨씬 감이 오는 단어) 바지에 목이 늘어난 티셔츠가 공식 의상인 지금도 마찬가지다. 나의 전철을 밟지 말라는 뜻에서 이런 글을 쓰는 거란다.

### 굳이 일부러 자신을 방치해두지 마라

딸아. 피부나 머리를 가꾸는 것, 말이나 태도를 신경 쓰는 것 등은 어쩌면 공부나 자격시험 준비 같은 자기 관리의 영역이다. 꼭 남자들에게 매력적인 면을 보여주기 위해서가 아니라 네가 네 자신이란 작품을 잘 가꾸는 것과 같다.

예전에는 여성이 화장을 하거나 매니큐어나 페디큐어를 하면 지나치게 멋을 부리거나 허영기가 있는 것으로 매도되곤 했다. 하지만 요즘은 화장을 전혀 하지 않은 민낯이나 정리정돈하지 않은 손발톱을 노출하는 것을 오히려 타인에 대한 예의가 아니라고 생각하는 시대가 됐다. 발톱에 요란하게 그림을 그리거나 장식을 하는 것도 좀 과하지만 길게 자란 발톱이나 각질이 보이는 뒤꿈치까지 우리가 보고 인내하기를 바라는 것도 문제다.

참 불공평하고 억울한 일이지만 사람들은 우리의 뇌 속에 들어 있는 지식이나 지혜, 정보 등엔 별로 관심이 없고 우리 마음속의 선량함, 긍휼함 등도 보려 하지 않는다. 얼굴, 몸매, 피부, 옷차림이나 액세서리, 말투, 표정 등등 겉으로 드러나는 것만 보고 평가를 한다. 그게 부당하다고 해서 굳이 자신을 비무장지대처럼 방치해둘 이유는 없다고 본다.

요즘은 섹시함도 남녀 모두에게 자본이 되는 시대다. 그런데 그 섹시함은 단순히 관능적인 외모만은 아니다. 현대 여성들 가운데 섹시하다는 느낌을 주는 여자는 야한 의상을 입고 백치 같은 미소를 짓는 여성이 아니다. 허핑턴포스트US 블로거이자 연설가, 작가인 제임스 마이클 새마의 '여성을 섹시하게 만드는 7가지7 Things That Make a Woman Sexy'란 글이 인상적이어서 여기 소개한다.

우리가 제일 먼저 해야 할 일은 보정한 잡지 광고 속 모델 같은 여성들만 섹시하다는 해로운 관점을 제거하는 것이다. 섹시함에는 그보다 훨씬 깊은 의미가 있다. 현실 세계를 사는 우리에게 있어 여성을 섹시하게 하는 것은 무엇일까? 첫째는 자신감이다. 자신감은 핵심적이다. '완벽함'은 아니다. 강하고 결의 있는 걸음, 꼿꼿하게 든 고개, 눈 마주치기, 환하고 따뜻한 미소가 크게 도움이 된다. 자신감은 그저 강한 존재감이나 끌리는 것 이상의 힘을 갖는다. 자신감은 강한 인생, 성공의 기반이다. 당신이 원하는 것을 좇을 수 있는 능력이다.

둘째는 야심이다. 야심은 사람에게 목적, 동력, 인생의 방향을 준다. 자신의 목표가 있는 남성은 야심이 있는 자신의 짝을 파트너, 팀메이트, 함께 세상을 정복할 상대로 보기 때문에 여성의 야심은 섹시하다. 관계란 그래야 하는 법이다. 셋째는 열정이다. 삶에 대한 열정. 다른 사람에 대한 열정. 당신의 흥미, 취미, 미술, 음악, 무엇이든 당신을 움직이는 것에 대한 열정. 자신의 영역에서 자신이 하는 일을 진정 사랑하는 여성은 섹시하다. 넷째는 친절함이다. 현대 사회에서 타인에 대한 친절은 실망스러울 정도로 보기 드물다. 잠시 짬을 내 누군가에게 이야기하고, 상대가 누구고 배경이 어떻든 간에 같은 인간인 누군가에게 연민을 보이는 것은 아름다운 외모로는 절대 따라잡을 수 없는 마음의 깊이를 보여준다. 다섯째는 품격이다. 품격은 입고 있는 옷의 가격과는 아무 상관없다. 품격은 당신이 지닌 존엄이고 주위 사람들에게 보여주는 존중의 정도다. 어떤 차를 모는지, 어느 동네에 사는지, 어떤 브랜드 옷을 입는지는 상관없다. 태도가 흉하고 사람들 앞에서 남에게 망신을 준다면 그런 것들은 아무 의미도 없다.

마지막이 지성이다. 제일 먼저 사람들을 끌어들이는 건 외모라는 사실은 부정할 수 없다. 훌륭한 성격을 가진 사람을 멀리서 알아보기란 힘들다. 육체적인 이끌림만으로 시작된 로맨스가 많지만, 그게 얼마나 오래갈까? 대화에 깊이나 흥미가 없으면 우리는 육체적 행동으로 시간을 때우곤 하지만, 그것만으로 누군가와 진정 연결되거나 오래가는 관계를 쌓기란 불가능하다. 길게 보면 지적이고 의미 있는 주제에 대해 진정한 논의를 할 수 있는 능력은 언제나 얕은 미모를 능가한다. 당신과 파트너의 외모를 중요하게 생각하는 것은 전혀 잘못된 일이 아니다. 우리 모두 그런다. 나도 그런다. 육체적 매력은 그 어떤 관계에서도 기본적인 시작점이 된다. 하지만 두 사람을 이어주는 것이 그것뿐이라면, 그런 관계는 금세 약해지고 깨진다. 불꽃이 강하게 타오를지 몰라도, 곧 꺼진다. 섹시해지기 위해 유전자 로또에 당첨될 필요는 없다. 우리는 타고나는 것을 선택할 수는 없어도, 어떻게 살아갈지는 결정할 수 있다.

### 자신의 매력을 유지하는 사람이 멋있다

내가 생각하는 역사상 가장 섹시하고 매력적인 여성 가운데 하나는 세헤라자데이다. 우리에겐 《천일야화》로도 알려진 《아라비안 나이트》란 책의 화자, 즉 이야기를 풀어내는 주인공이란다. 〈알리바바와 40인의 도둑〉 〈알라딘의 램프〉 등의 이야기가 나오는 책이 《아라비안 나이트》다.

아득한 옛날 인도와 중국의 일부까지도 다스리는 사산조 페르시아의 대왕이 두 왕자를 남기고 세상을 떠났다. 두 왕자 가운데 형 샤흐리야르가 왕위를 이어받았고, 동생 샤흐자만은 제국의 변방 사마르칸드의 왕이 되었다. 20여 년이 지나 형이 아우가 보고 싶어 선물과 편지를 보내며 초대를 한다. 즐겁게 형을 만나러 가려는데 자기 부인이 궁중 요리사와 간통하는 것을 목격해 그 둘을 살해한다. 형을 만나러 가보니 형수 역시 간통하는 것을 알게 되고 두 형제는 세상의 모든 여성이 음탕하며 부정하다고 믿게 된다.

형인 샤흐리야르는 동생을 보낸 후 아내를 처형하고 완전히 살인마가 된다. 즉 매일 처녀를 왕비로 맞아들인 뒤 하룻밤만 자고 이튿날 새벽에 처형해 버리는 것이다. 이런 악행이 3년 이상 계속되자 민심은 황폐해지고 하룻밤 왕비가 될 처녀도 찾기 어렵게 되었다. 그런데 자파르라는 대신의 딸 세헤라자데가 아버지의 만류를 뿌리치고 왕비를 자원한다.

입궁한 세헤라자데는 잠자리에서 왕에게 마지막으로 여동생과 작별인사를 나누고 싶다고 말한다. 왕의 침실로 불려온 동생은 언니에게 긴 밤을 보내기 무료하니 이야기를 해달라고 조른다. 세헤라자데가 집을 떠나기 전에 동생에게 그리 청했기 때문이다. 그런데 곁에서 이야기를 엿들은 왕은 그 이야기가 너무 재미있어 "계속 하거라"를 요청해 무려 천하루 밤 동안 이어졌다. 세헤라자데가 처형되지 않은 비결은 그녀가 매일 들려주는 이야기가 너무 재미있고 유익한 덕분이다. 그녀는 "아, 다음 이야기가 더 재미있는데 너무 피곤하니 내일 들려주겠다"거나 "어머, 벌써 날이 밝았네"라는 등의 화법으로 왕에게 호기심과 흥미를 더하게 해서 "하룻밤만 더 듣자, 하룻밤만 더 듣자"라고 요청하게 됐다. 천하루 밤이 지났을 때, 왕은 자신의 살육 행위를 반성하고 세헤라자데를 평생의 동반자로 삼는다. 세헤라자데가 들려준 이야기가 그저 공허하게 꾸며낸 이야기라면 금방 싫증이 났을 테지만 역사, 문학, 예술, 우화 등등이 고루 섞여 있어서 흥미로운 데다 천하루 밤 꿋꿋하고 흐트러짐 없었던 태도가 왕의 그 차갑고 무서운 마음을 녹인 것이다.

## 일상 속에서 자신을 최대한 가다듬길 바란다

딸아. 요즘은 도처에 CCTV가 설치되어 있어 서울 시민 등 도시인의 경우 하루에도 알게 모르게 80여 번씩 우리 모습이 찍힌다고 한다.

그런데 남들이 이렇게 나를 지켜본다는 불쾌감이나 스트레스를 받기만 할 것이 아니라 네 자신을 위해서 항상 최선의 모습을 유지하는 것이 필요하지 않을까.

아주 사소하게는 식사 후에 치아에 뭔가 낀 것은 없는지 살펴보고 (이 엄마는 처녀시절에 고춧가루나 파가 낀 것도 모르고 소개팅에 가서 어쩌나 화사하게 웃었던지…) 외출 전에 재킷이나 블라우스의 단추, 혹은 스커트 밑단 등의 이상 유무도 확인하는 등 신경을 써야 한다. 또 친해졌다고 해서 지나치게 허물없이 굴거나 저속한 말을 하는 것은 좀 절제해야 한다. 한 남자에게 잘 보이기 위해 완벽히 연기를 하고 내숭을 떨라는 것이 아니다. 처음엔 상대 남성에게 최선의 모습을 보이기 위해 스스로를 가다듬더라도 그것이 결국 네 자신을 아름답고 품격 있게 만드는 길이란다.

그런데 그런 본보기를 보여주지 못해 미안하고 거듭 이 흐트러짐의 결정체인 엄마를 닮지 말라고 부탁하고 싶구나.

# 애쓰지 마,
## 그건 사랑이 아닐지도 몰라

볼 때마다 얼굴과 몸매가 달라지는 여성이 있다. 신기해서 그 비결을 물으니 '사랑' 때문이라고 하더구나.

"전 사랑을 하면 그 남자에 전념하기 때문에 살이 쫙쫙 빠져요. 그 남자에게 예쁘고 매력적으로 보이고 싶은 의지도 있겠지만 연애할 때는 항상 체중이 줄어들어요. 그러다 그 남자와 결별을 하고 나면, 제가 찼든 그 남자가 절 버렸든 간에 폭식을 하고, 술도 엄청 마시고 친구들도 안 만나는 은둔 생활도 해서인지 마구 체중이 불어요. 한 친구는 제가 복싱선수 같다고 해요. 링 위에서는 치열하게 싸우고, 시합이 끝나면 마구 먹고 쉬고 널브러져 있다가 다시 시합을 앞두고 체급 때문에 체중 조절을 하는⋯. 그런데 서른 살이 넘고 보니 살이 빠지면 꼭 얼굴이

초췌해지고 가슴부터 줄어들고 살이 찌면 뱃살만 남아요. 이젠 체력의 한계를 느껴 더 이상 연애도 못할 것 같아요."

그나마 이 여성은 몸과 마음이 건강한 편이다. 사랑을 잃거나 배신을 당한 덕분에(?) 수많은 문학 작품과 예술이 탄생했고 유행가와 영화가 만들어졌지만 개인에게 사랑이 꼭 예술로 승화되는 것은 아니다. 어떤 이는 자살이란 극단적 선택을 하고 어떤 이는 스토커가 되어 각자의 삶을 파괴하기도 한다. 지금도 매일 매스컴에는 '자신을 버린 것에 앙심을 품고 전 애인을 찾아가…' 등으로 사회면을 장식하는 사랑 실패자들의 이야기가 소개된다. 대체 사랑이 뭐길래 말이다.

궁금해서 2500년 전 소크라테스가 사랑에 대해 한 말을 찾아봤다.

에로스(사랑의 신, 혹은 요정)의 아버지는 포로스(방책의 신)고 어머니는 페니아(궁핍과 곤궁의 신)입니다. 미의 여신 아프로디테가 태어났을 때 신들이 잔치를 열었는데 포로스가 넥타르에 취해(술은 아직 없었다) 제우스 정원에 들어가 취기에 짓눌려 잠이 들게 되었죠. 그러자 페니아가 자신의 방이 없기 때문에 포로스에게서 아이를 만들어 낼 작정을 세우고 그의 곁에 동침하여 에로스를 임신하게 되었답니다. 그래서 에로스는 아프로디테의 추종자요 심복이 되었지요. 어머니의 본성을 갖고 있어서 늘 결핍과 함께 삽니다. 그런가 하면 또 아버지를 닮아서 아름다운 것들과 좋은 것들을 얻을 계책을 꾸밉니다. 용감하고 당차고 맹렬하며 늘 뭔가 수를 짜내는 능란한 사냥꾼이지요. 사리분별을 욕망하고 그걸 얻을 기략이 풍부합니다. 전 생애에 걸쳐 지혜를 사랑하며 능란한 마법사요, 주술사요, 소피스트입니다.

이렇게 방책과 결핍의 신 사이에서 태어났다는 모순 때문에 에로스는 아름다움과 추함, 선과 악, 지혜와 무지의 중간에 놓여 있다고 한다. 에로스, 이성간의 사랑은 그래서 항상 서로의 사랑에 대한 결핍과 부족을 느껴 안타까워하고 그 사랑을 영원히 간직하기 위해 모든 머리를 다 짜내고 때론 해코지까지 한다. 서로 소유하려는 마음이 커지면 왜곡된 집착으로 표현되고 사랑이 아니라 저주, 혹은 불행이 시작된다. 그러니 '사랑'은 채워도 채워도 채워지지 않는 잔이란다.

### 내 사랑을 상대도 사랑으로 느껴야 한단다

딸아. 자신의 인생의 목표를 정하고 자신만의 꽃밭을 가꾸며 그 성장을 기쁘고 행복하게 음미해야 할 시간에 상대에 대한 '집착'과 '소유욕'으로 스스로를 황폐화시키는 것은 참 허무한 일 아닐까. 하루종일 휴대폰을 들여다보고, 그의 페이스북이나 카카오스토리, 블로그 등을 몇 번씩 살펴보고 '좋아요'를 누른 친구의 선을 타고 가서 어떤 이들과 교류하는지 확인하느라 굳이 시간을 보내야 할까. 왜 사랑을 하는데 상대와 영향을 주고받으며 발전하고 성숙해지는 것이 아니라 자신의 존재는 사라지고 그저 사랑에 매달리는 여자만 남게 될까. 다음과 같이 말이다.

"저는 남자친구를 너무 사랑해요. 그 사람이랑 있으면 모든 우주의 기운이 바뀌는 것 같아요. 그런데 이 남자를 좋아하는 여자들이 너무 많아요. 남친 말로는 다 동생이고 후배고 아는 누나고 저만 '여자'라고 하지만 그 사람을 못 믿는 게 아니라 그 다른 여자들을 못 믿겠어요. 얼마 전에도 남자친구가 회사 야유회에서 찍은 사진을 SNS에 올렸는데 유난히 곁에서 끼를 부리는 여직원 때문에 싸웠어요. 왜 그 많은 직원들 가운데 제 남자친구 곁에서 웃고 있느냐고요. 얼마 전에는 그 사람의 고교 동창이랑 만났어요. 고등학교 시절 이야기를 하는데, 우리가 그동안 서로 많이 알게 되었다고 해도 과거는 잘 모르잖아요. 나만 소외되는 것 같아 속상했어요. 그 사람이 지나가는 여자에게 무심코 눈길만 줘도 피가 솟구쳐요. 남자친구는 처음에는 '아이고, 우리 애기. 질투하는 거야?'라고 귀여워하더니 이젠 짜증을 냅니다. 저도 고치려고 하는데 잘 안 되는 걸 어떡해요."

"독립심이 무척 강한 편입니다. 본가는 시골인데 교육열이 높은 부모님 덕분에 고등학교 때부터 서울에서 혼자 생활했고 대학도, 직장도 다 제가 결정했으니까요. 친구들과의 관계도 원만한 편입니다. 그런데 이상하게 남자에게는 집착을 해요. 그 사람이 나만 생각해주기를 바라고, 나와 더 많은 시간을 보내주기를 원하고, 모든 것을 함께 해주기를 기대합니다. 한 번 전화를 걸면 한 시간은 통화를 해야 안심이 되고, '사랑한다'란 말을 자주 해달라고 요구해요. 그래서 남자 친구에게 연락이 없으면 미친 듯이 전화를 걸고 문자를 보내고 '아파 죽을 것 같다' '계단에서 넘어졌다' 등의 거짓말을 해서 그 사람한테 오라고 합니다.

내가 비정상이란 걸 알아요. 그런데 남자가 바뀌어도 집착하는 마음은 바뀌지 않습니다."

딸아. 서로만을 바라보고 소유하는 것보다 더 가치가 높고 소중한 것은 개인의 자유란다. 사랑하는 남녀 각자가 자기 생활에 충실하고 서로의 자유로움을 누릴 때 둘이 함께하는 순간이 더욱 소중해지는 거란다. 그리고 사랑이 어디 애쓴다고, 구걸한다고 얻어지는 것이겠니.

"제 여자친구 때문에 고민입니다. 저는 소개팅으로 만난 여성이 있었어요. 성격도 좋고 배경도 좋아 호감이 가더군요. 그 여성은 저보다 더 바빠 도대체 데이트를 할 여유가 없었어요. 해외출장도 잦고, 한국에 있을 때도 비즈니스 미팅이 많아 석 달 정도를 만나도 도통 진도가 나가지 않았어요. 그런데 제 고교 동창을 만나는데 그 친구의 대학 동아리 후배라는 여성이 따라 나왔습니다. 애교도 많고 여성스러워서 그날 셋이 같이 즐거운 시간을 보냈죠.

그런데 그날 이후 그 여자가 매일 퇴근 무렵에 회사 앞으로 왔어요. 바쁘다고 해도 '얼굴만 보면 된다'라고 하고, 제가 약속이 없으면 같이 저녁을 먹고요. 어느 날은 도시락을 싸들고 사무실에 나타나기도 하고, 제 주변에 '여자친구'라고 광고를 하더군요. 너무 적극적으로 나오고 사람 자체가 나쁘지 않아 진짜 여자친구가 되었어요. 소개팅했던 여성과는 제가 연락을 안 하니 자연히 멀어졌구요. 1박 2일로 여행을 갔다가 자연스럽게 같이 자게 되었는데 그날 이후 완전히 마누라 행세를 합니다. 옷도 자기가 사다준 것만 입으라고 하고, 제 일거수일투족을 체크해요. 우리 회사 여직원과는 어떻게 친해졌는지 회사 사정도 꿰뚫고 있어요.

　전 아직 결혼할 마음도 없고 총각 시절의 자유도 누리고 싶습니다. 무엇보다 연인 사이에도 이 정도인데 결혼하면 분명 더할 거란 걱정도 들어요. 제가 한번 '집착이 지나치다. 우리 헤어지자'라고 했더니 울고불고 화를 냈다가 잘못했다고 빌다가 죽겠다고 협박했다가…. 그러고 나니 완전히 정이 떨어졌어요. 이젠 휴대폰에 그 여자의 이름만 떠도 얼굴이 찌푸려집니다. 차라리 쿨했던 소개팅 여성을 다시 만날까란 생각이 들어요."

　지극정성을 다해 남자친구를 사랑하는데 집착한다며 헤어지기를 바라다니 이게 무슨 날벼락 같은 반응이냐고 하겠지만 이 남자는 그리 파렴치범은 아니다. 내가 아무리 사랑이라고 해도 상대에겐 집착으로 보일 수 있다는 것을 받아들여야 한다.

　물론 사랑하다가 집착의 마음이 생기는 것 자체를 탓할 수는 없다. 사전적인 의미의 집착(執着)은 '어떤 것에 마음이 늘 쏠려 떨치지 못하고 매달리는 일'이다. 마음이 커지면 그럴 수도 있다. 다만 상대가 그것을 사랑으로 느끼느냐를 생각해봐야 한다. 내가 지금 하는 사랑이 진정한 사랑인지 잘 살펴봐야 한다. 진정한 사랑은 못 떠나게 매달리는 것이 아니라 떠나려는 사람을 '떠나보내주는 것'이 아닐까. 떠나라고 기꺼이 보내주면 더 멋진 사랑이 오기도 한단다.

　'사랑은 자신보다 상대를 더 아끼는 것' '목숨도 기꺼이 바칠 수 있는 것' 등으로 우아하게 묘사하지만 막상 나보다 나를 더 신경 써주고 더 아껴주는 것이 감사한 만큼 부담스러울 수도 있다. 그리고 우주에서 유일한 존재인 자신이 국가나 사회를 위해서도 아니고 상대가 마음이 변했다는 이유로 목숨까지 걸 이유가 있을까.《젊은 베르테르의 슬픔》 등 문학작품에서는 실연의 아픔에 자살을 하는 주인공이 매우 멋지게 묘사되어 덩달아 자살하는 사례까지 있었지만 죽음이 사랑을 완성해 주는 것은 아니다.

"제가 진짜로 사랑했던 남자를 잃어버렸어요. 결별을 선언하고 제 곁을 떠났어요. 그 다음날부터 계속 울고불고 자살 생각도 진짜로 많이 했습니다. '총 맞은 것처럼'이란 유행가 가사가 제 노래 같았어요. 이런 심장이 파열되는 고통을 안고 사느니 단숨에 죽어버리는 것이 낫겠다는 생각도 들었어요. 저야 죽으면 그만인데 저 죽는다고 그 사람이 눈물을 흘리며 반성을 할까, 친구들 가운데 진심으로 애도의 눈물을 흘려줄 친구는 몇 명이나 될까, 우리 부모님은 외동딸을 잃고 어떻게 사실까, 저 혼자 죽기엔 너무 억울하니 그 남자를 죽여버리고 나중에 죽을까 등등 여러 가지 시나리오를 썼습니다. 그런데 어쩜 사람이 그럴 수 있을까요. 자기가 먼저 좋아한다고 고백해놓고 이제는 제발 다시는 보지 말자니요. 하루종일 서로를 생각하고 못 보면 목소리나 숨소리라도 듣고 싶고 포근한 품이 그리운 게 사랑 아닌가요. 지금 겨우 일주일째 죽을힘을 다해 버티고 있어요. 그 남자, 전화 한 통도 안 해요. 고층 빌딩 옥상이나 한강 다리에 올라서서 '애인을 불러달라'고

하던 사람들을 미친 사람이라고 비웃었는데 그 심정, 이해가 가요."

이렇게 토로한 여자는 아직 무사하다. 죽을 것 같은 마음도 순간이고 사랑도 변하는 것이 정상이다. 사랑이 어떻게 한 사람뿐이고 한 번뿐이겠니.

너희들은 앞으로 100세 시대, 아니 120세 수명의 시대를 살아가야 한다. 평생 직장이란 말도 사라져 일곱 개 정도의 직업을 체험해야 한단다. 그런데 한번 만난 남자가 평생 사랑이 변치 않기를 기대하는 것이 오히려 비정상이 아닐까. 물론 그런 지고지순한 사랑도 있지. 그건 로또에 당첨되거나 목성에 갈 확률보다 낮다.

### 사랑은 이기고 지는 경쟁이 아니다
또 사랑은 두 사람의 치열한 전쟁도 아니고, 네 존재감을 일깨워주는 유일한 수단도 아니다. 《사랑아, 헛》이란 책에 나온 글을 읽어보렴.

승부를 염두에 두기 시작한 시점부터 두 사람의 연애는 말기 증상을 드러내 보이고 있다고 할 수 있습니다. 만약 흥정에 성공해서 상대방이 먼저 자신에게 데이트를 제안했다고 해봅시다. 이렇게 해서 얻을 수 있는 게 무엇일까요?

'거 봐, 내가 너한테 이겼어.'

사랑하는 사람을 놓고 자존심 게임을 하고, 여기서 승리감을 맛본다 하더라도 이것은 일그러진 쾌락에 지나지 않습니다. 그런 일그러진 자극은 뇌

수를 자극할 뿐, 현실에서는 두 사람 사이에 또다시 새롭게 마이너스 매듭을 만들고 있다고 할 수밖에 없습니다.

둘의 관계가 어떻게 되는지는 생각지도 못하고, 단지 마음에 주는 자극 때문에 기쁘다고 착각해 버립니다. 마치 피부병에 걸려 가려워서 견딜 수 없다며, 뜨거운 나뭇조각에 자신의 피부를 비벼대고 싶은 것과 마찬가지입니다. 큰 화상을 입게 되겠지만 통증 덕분에 가려움을 잠시 잊을 수 있어서 기분은 좋다고 말하는 것과 무엇이 다를까요?


그 사람을 진짜 사랑해서가 아니라 혹시 자신을 사랑하지 않는 상대를 받아들일 수 없어서 이별을 인정하지 않는 건 아닌지 자신의 마음을 잘 살펴봤으면 한다. 지금 자존심이 상하고 굴욕감을 느낄 수도 있다. 그러나 그 사람과 사랑을 시작했을 때를 떠올려보자. 그 사람 마음이 나만큼 크지 않다고 해서 그렇게까지 힘들었었나? 그냥 사랑하는 감정만으로도 벅차올랐었는데 지금 왜 힘든 걸까? 그건 다 욕심이 생겨서다. 내가 컨트롤할 수 있는 건 나의 마음뿐이란다. 그 사람의 마음까지 내가 컨트롤할 수 있을 거란 생각을 버려야 한단다.

설사 상처 준 남자에게 복수를 하고 싶은 마음이 가시지 않는다고 해도, 진정한 복수는 그를 직접 괴롭히는 것이 아니다. 그보다 더 멋지게 살고 행복하게 사는 것이 최고의 복수다. 그가 떠난 후에도 '별일 없이 산다'를 너머 즐겁고 아름답게 살아야 한다. 그에게 복수하기 위해서가 아니라 자신의 삶을 최고로 만들기 위해서.

미국의 한 여성은 아이를 키우고 살림하느라 받은 스트레스를 폭식을 하며 풀었다. 몸은 뚱뚱해지고 항상 지친 표정의 아내가 매력 없다며 남편은 집을 떠났다. 너무 억울하고 슬프고 답답했지만 남편을 되돌릴 방법을 몰랐던 그녀는 집에서 울기만 하며 지낼 수가 없어 무작정 걷기 시작했다. 한참을 울면서 걷다 보니 몇 달 만에 체중이 확 줄고 몸매도 탄력 있어졌다. 단순히 걷기만이 아니라 운동도 병행했다. 다시 날씬해진 자신의 모습에 자신감을 회복한 그녀는 자신의 경험을 바탕으로 헬스센터를 만들고 걷기와 운동의 중요성을 강조하는 책과 비디오로 명사가 됐다. 당연히 돈도 많이 벌었다. 자기를 버리고 떠난 남편에게 집착하거나 원망하는 대신에 그 여성은 자신의 삶에 충실했다. 어쩌면 그녀에게 남편은 원수가 아니라 은인인 셈이다.

딸아. 사랑은 너와 상대에게 빛나는 태양이 되어야지 암울한 동굴이 되어서는 안 된다. 네가 사랑으로 착각한 사랑에 목숨을 걸고 매달려 있으면 넌 언제나 과거에 함몰되어 있을 뿐이다. 과감히 잘못된 사랑이나 그 상대와 결별하고 네 자신의 삶에 충실해라. 그래야 네게 미래가 있다. 〈미저리〉 같은 공포스릴러 영화의 주인공이 될지 살인자로 감옥에서 살지, 혹은 당당한 성공스토리의 주인공이 될지는 네가 결정할 일이다.


사랑 없는 나날도 스토리는 만들어진다
나는 사실 진지하고 뜨거운 연애를 해본 경험이 없다. 덕분에 불행인지 다행인지 실연의 처절함이나 버림받았다는 극도의 고통도 잘 모른다. 그게 치명적 약점이기도 하고 내 인생에서 가장 아쉬운 점이기도 하다. 마치 피아노를 배우면서 바이엘 상하권만 마스터하고 체르니라든가 더 심도 깊은 과정을 못 배운 것과 같다. 잘 배워서 콩쿠르에 나가서 떨어지는 수모를 겪었으면 분발심이라도 생겼을 텐데….

그래도 남자친구나 애인이 없다는 것이 좀 부끄럽기도 해서(명품백이 없는 것보다 더 초라한 상황 같았지) 부지런히 미팅이나 소개팅도 나가고 맞선을 보기도 했다. 그들을 만나 그 남자들에게 멋진 여성이나 훌륭한 아냇감으로 보이기 위해 적당히 내숭도 떨고 정말 취향에도 안 맞는 대화를 하다 보면 짜증이 스멀스멀 피어올랐다.

'왜 내가 이런 한심한 남자와 저렴하기 짝이 없는 이야기를 나눠야 하지' '대체 이 사람은 취미도 없고 친구도 없이 어떻게 30년을 살아왔지' '의사라는 직업이 아니라면 정말 매장되었을 성격이네' '부자 아버지 덕분에 고급차를 타는 주제에 잘난 척은….'

혼자 이런 생각을 하면서 갖은 핑계를 대고는 빨리 집으로 돌아오곤 했다.

그런 지루하고 전혀 궁금증을 자아내지 못하는 남자와 시간을 보내는 것보다 집에 돌아와 책을 읽거나 과자를 먹으며 드라마를 보거나 강아지와 함께 동네 산책이라도 하며 계절의 변화를 체감하는 것이 더 유익하다고 생각했다. 또 소개팅이나 맞선 장소에 나가서 만난 이상한 남자들과의 에피소드(주로 나의 실수담이긴 하지만)를 빨리 친구들에게 전해서 실컷 웃기라도 해야겠다는 생각에 어이없는 상황에서도 방글방글 잘 웃었다.

덕분에 나는 본의 아니게 각종 책과 만화책을 섭렵하고, 일일극부터 주말명화까지 다 보았다. 대학 축제 때도 같이 갈 남자친구가 없어 나 같이 솔로인 여자친구와 함께 아주 예쁘게 차려입고 교내 곳곳을 다니며 사진도 찍고 애인과 같이 온 다른 친구들에게 부러움이 가득한 야유를 보내기도 했다. 그 당시 대학 축제에 데려왔던 남자친구와 결혼에 성공한 친구는 한 명뿐이다. 남자친구는 없었어도 나는 수많은 책들의 정보와 여자친구와 서로 예쁘게 찍어준 사진은 남았다. 좀 궁색한 변명이긴 하다만….

내 존재감을 위해 사랑을 하진 마라

어떤 여성들은 사랑이 끝나면 마치 인생의 의미가 없는 것처럼 기차나 버스를 갈아타듯 계속 다른 남자들을 만나면서 자신의 존재를 확인하려 한다. 자신이 만나는 남자의 눈에 비친 자신, 그리고 그 남자를 대하는 자신의 모습을 통해서만 스스로의 존재감을 인식한다. 그러나 그게 진짜 자기의 참 모습이고 가치일까. 꼭 남자와의 사랑이나 뜨거운 연애만이 우리를 성장시켜 주는 것은 아니란다. 사랑하는 사람과 더불어 성장하고 발전하는 것도 바람직하지만 혼자서 개척한 길, 혼자 발견하는 기쁨과 행복도 만만치 않단다. 사랑을 거부하거나 무시하라는 말이 아니다. 사랑하는 이가 떠나도 네 인생의 기쁨과 즐거움이 줄어들 이유는 없단 말이다.

얼마 전 할리우드의 잉꼬 커플이던 벤 애플렉과 제니퍼 가너가 이혼했다. 쿨한 할리우드 커플답게 이혼 후에도 아이들과 같이 디즈니랜드에 놀러도 가고 백화점에서 쇼핑도 하는 모습이 소개됐다. 유모와 바람이 난 것으로 소문난 남편과 같이 있는 제니퍼 가너는 세 아이들 때문에 억지로 참는 듯한 표정이 역력했다. 그런데 며칠 후 제니퍼 가너가 새로운 영화의 촬영 현장에서 활짝 웃는 모습으로 찍힌 사진을 봤다. 너무 화사하고 즐겁게 웃으며 동료들과 대화를 나누는 모습이더구나. 자신을 배신한 남편과 헤어졌어도 그녀에게는 세 아이가 있고 무엇보다 엄마도 아내도 아닌 배우로서의 세상이 있다. 자신이 사랑하는 일을 하면서 여성스럽게가 아니라 인간답게 웃는 그녀의 표정이 참 인상적이었다. 그녀가 일을 통해 자존감을 회복하고 나면 또 다른 진정한 사랑이 찾아올 것 같더구나.

딸아. 열렬히 사랑하되 사랑에 휘둘리지는 말아라. 사랑에 풍덩 빠지되 익사하거나 다른 사람을 침몰하게도 만들지 마라.

네 인생 안에는 남자와의 사랑 외에도 부모, 친구들과의 사랑도 있고 네가 좋아하는 음식이나 옷, 음악, 책, 영화, 건축물, 사진 등 네게 기쁨을 주는 것들이 무궁무진하다.

취직할 회사가 아니라 직접 네가 네 인생이력서에 쓸 내용 중에 남자와의 사랑 외에도 추가할 내용은 얼마나 많니. 해도 해도 더 하고 싶은 것이 사랑이지만, 그 사랑의 허기증 때문에 네 삶을 척박하게 만들지는 말아라.

나 역시 과거 애인들의 명단은 거의 전무하지만 나 혼자 즐겼던 시간들, 내 친구들과의 우정은 지금도 내 삶을 풍성하게 하고 있단다.

# 헤어지는 것을
# 두려워 말아라

우리는 언젠가 누구나와 이별을 한다. 아니 매 순간 이별을 한다. 어제와도 이별을 했고, 학창 시절과도 이별을 했고 나를 스쳐지나가는 이들과 수없는 이별을 체험한다. 가족처럼 사랑한 강아지와도, 추억이 가득한 인형과도 작별할 때가 있다. 때론 죽음으로 갈라놓는 이별이 될 수도 있고, 오해와 싸움으로 마지막 문을 세게 닫은 결별이 될 수도 있고, 때론 그를 놓아주거나 그를 떠나는 것이 덜 고통스러운 선택이어서 택한 헤어짐이 될 수도 있다.

사랑한다고 믿었던 연인과의 이별은 언제나 힘들다. 요즘 청춘들이 아마도 '썸'만 타는 이유 역시 사랑에 빠지는 것만 아니라 결별의 아픔을 두려워해서가 아닐까. 그런데 이별할 때 상대의 마음상태나 성향도 매우 중요하지만, 적어도 네 자신이 평소 적절한 태도를 보여줬다면 '아름다운 이별'은 아니어도 '공포스럽거나 고통스러운 이별'은 피할 수 있을 게다.

아무리 네게 진드기처럼 들러붙어 괴롭히고 비열한 모습을 보인 남자라고 해도 이별이 통쾌상쾌한 일은 아니다. 또 네가 그로부터 배신을 당해 결별을 선언 받았다면 억울하고 분하고 부끄러운 마음에 이성이 마비되는 상황도 있을 게다. 하지만 온갖 이별, 즉 부모님의 죽음, 친구와의 연락 단절, 남자친구와의 헤어짐 등등을 경험한 나는 '잘 만나야 잘 헤어질 수 있다'는 교훈을 얻었단다.

### 잘 만나야 잘 헤어질 수 있다

얼마 전 연애 전문 사이트 유어탱고YourTango에 실린 '행복하게 지내는 커플들이 절대 하지 않는 11가지11 Things Happy Couples NEVER, Ever Do' 중 일부를 소개하고 싶다. 이건 절대 이별하지 않는 예방약이 아니고 (그런 방법이 있을 턱이 있나, 그것도 재앙이다) 건강하고 행복한 만남이 후회 없는 이별을 가능하게 해준다는 것을 알려주는 것이다. 연인 사이가 아니라 부부 사이에도 유용한 내용이고 내 생각과도 비슷해서 알려주고 싶다. 괄호 안은 이 엄마의 강조 사항이다.

• 친구나 가족들에게 자신들의 관계에 대해 불평하지 않는다.
행복한 커플들은 자신들의 관계에 다른 사람들을 관련시키지 않는 게 제

일 좋다는 것을 알고 있다. 관계에 상처를 줄 수 있는 부정적인 반응을 보이는 경우가 많은 타인들에게 조언을 구하는 대신, 그들은 문제가 생기면 직접 상대에게 이야기한다. 남자들끼리, 여자들끼리 어울리는 건강한 시간을 갖는 것은 전혀 나쁘지 않지만, 그걸 파트너에 대한 불평을 할 기회로 사용하지는 마라.

(엄마에게 수시로 남자친구 흉을 보고 징징거리면 그저 엄마 마음만 아플 뿐이지만 친구들에게 네가 털어놓은 불평으로 인해 돌아오는 것은 조언이 아니라 불길한 소문뿐이란다.)


• 남들과 비교하지 않는다.

행복한 커플들은 서로를 있는 그대로 받아들이고 사랑한다. 그들은 남들과의 비교는 비현실적이고 공정하지 못하며, 사랑에 대한 믿음과 자신감을 줄어들게 한다는 걸 안다. 남의 떡이 더 커 보인다 해도, 반드시 더 큰 것은 아니다.

(네 친구의 남자친구가 사준 선물, 데려간 멋진 레스토랑이 꼭 그 남자의 사랑의 크기와 비례하지는 않는다. 남자들은 꽃 한 송이라도 절대 아무 대가도 기대하지 않고 주진 않는다.)


• 피해자 행세를 하지 않는다.

행복한 커플들은 자신들의 감정과 관계에서의 역할에 책임을 진다. 그들은 문제가 생겼을 때 서로를 비난하지 않는다. 그들은 자기 연민에 빠져 있거나 상황에 대한 책임을 서로에게 떠넘기지 않고 자신에게 필요한 것을 요구한다.

(모든 문제에 정답은 없지만 원인은 있다. 그 원인을 꼭 한사람만 제공한 것도 아니다. 연인에게, 주변에게 제발 동정심을 구걸하지 마라. 동정심은 경멸로 이어질 수 있다.)

• 너무 진지하게 굴지 않는다.

행복한 커플들은 행복과 재미를 안다. 그들은 데이트하면서 많이 웃는다. 인생이 커브볼을 던지고 굉장히 스트레스가 많은 상황이라 해도, 마음을 가볍게 먹고 즐겨라.

(2차 대전 등 참담한 상황속에서도 댄스파티가 열리고 노래도 불렀다. '이런 문제가 생기다니 어떡하지'란 말보다 '잘 될 거야. 근데 해결하려면 뭐가 제일 필요하지? 까짓것 한번 즐겁게 부딪쳐보자'란 경쾌함이 필요하다. 진지한 성찰도 중요하지만 그건 네 방에서 혼자 하렴.)

• 비난하지 않는다.

그들은 서로의 장점을 찾고, 기분이 언짢을 때면 필요한 것을 세심하게 요구하는 법을 익힌다. 그들은 비난은 상대를 깎아내리고 관계에 균열을 초래할 뿐이라는 것을 안다. 상대가 당신 마음에 안 드는 행동을 하면, 그게 왜 당신 마음에 걸리는지 잘 생각하고 안전하게 말하는 방법을 익혀라.

(그 누구나 비난이나 지적질을 즐기거나 감사해하지 않는다. 문제가 생기거나 그

의 잘못된 언행을 발견하면 비난할 것이 아니라 호흡을 고른 후에 차분한 표정으로 '나는 당신의 그런 행동 때문에 마음이 상했다'라거나 '이런 점 때문에 당신의 수많은 장점이 흐려진다' 등으로 표현해라.)

• 재정 문제를 무시하지 않는다.

그들은 재정적 스트레스가 관계에 부담을 준다는 걸 안다. 그들은 자신들의 재정 상황을 잘 알고 있고, 미래를 위한 책임 있는 결정을 함께 내릴 수 있도록 재정적 목표에 대해 대화를 나눈다. 돈 이야기를 피하는 것이 돈 문제를 더 악화시킨다는 것은 알아두라.

(다들 가장 좋아하면서도 제일 입에 올리길 꺼려하는 것이 돈이다. 데이트 비용을 비롯해 연인 사이에도 돈 문제가 매우 중요한 역할을 한다. 특히 결혼을 염두에 둔 사이라면 현재의 재정 상황이나 소비패턴을 점검할 필요가 있다.)

• 마음을 읽으려 노력하지 않는다.

우리는 멋대로 미루어 짐작하는 사람들을 좋아하지 않는다. 행복한 커플들은 상대가 필요로 하는 것, 상대의 기분을 알 수 있도록 커뮤니케이션하는 방법을 안다. 아무리 단단히 연결되어 있다는 기분이 든다 해도, 그들은 자기가 원하는 것, 자기가 느끼는 것을 상대가 알 거라 기대하지 않는다. 그들은 명확히 이야기한다. 당신이 필요한 관심을 받지 못하고 있다면, 상대에게 이야기하라.

(아무리 독심술사나 심리전문가라 해도 개개인의 마음을 속속들이 잘 읽을 수 없

다. '내가 나를 모르는데 넌들 나를 알겠느냐'란 유행가 가사처럼 말이다. 그러니 섣불리 그의 마음을 예단하지 마라. 또 그가 완벽히 네 마음을 이해하리라고 기대하지도 마라. 진실로 완벽히 네 마음을 들키는 게 과연 좋은 일일까.)

• 지나치게 공유하지 않는다.

그들은 자신의 불만을 상대와 공유하는 것은 자신이 필요한 것을 얻고 더 강한 결속을 위해서라는 것을 안다. 그들은 무방비 상태인 상대를 급습해서 언짢은 기분을 쏟아내고, 더 큰 싸움의 불을 지피지 않는다. 그들은 느낌을 공유할 때를 골라서 이야기하고, 상대에게 지금 이야기할 수 있는지 묻는다. 말하고 싶은 무언가가 있다면 일단 물어보라. "너랑 나누고 싶은 이야기가 있어. 지금 이야기하면 괜찮을까?"

(사랑은 서로 위하고 아끼는 것이지. 상대에게 모든 푸념을 털어놓거나 대책 없이 신경질과 짜증을 부리는 것이 아니다. 공감능력이 떨어지는 남자에게 네가 쏟아낸 그 불쾌한 감정들은 정이 떨어지게 만드는 요소일 뿐이다.)

• 자신의 역할에 목을 매지 않는다.

관계에 있어 전형적인 젠더 역할을 수행한다 할지라도, 행복한 커플들은 유연하고 필요한 일들을 즉시 해낼 수 있다. 자기가 상대보다 잘하는 일이 아니라 할지라도 말이다.

(남자도 요리할 수 있고 여자도 공구박스를 꺼내 집 안 수리를 할 수 있다. 생일에 꼭 서프라이즈 파티를 해주거나 상대의 친구들과의 모임에서 최고의 호스트가

되려고 안간힘을 쓸 이유도 없다.)


• 서로에게 바가지를 긁지 않는다.

행복한 커플들은 서로에게 압력을 주지 않고 격려한다. 그들은 서로를 지원해줄 방법을 찾아내고, 잔소리는 역효과를 낳는 경우가 많은 반면 이 지원은 자연스러운 동기 부여가 된다는 사실을 안다. 상대가 실직 상태라면, 면접을 보러 가라고 잔소리하는 대신 무서울지라도 당신의 사랑과 지원으로 그의 사기를 높여주라. 당신의 진심 어린 격려와 신뢰가 그를 앞으로 나아가게 할 동기 부여가 되어줄 것이다.

(잔소리가 지긋지긋해서 헤어진 커플이 얼마나 많은지 아니? 또 잔소리 때문에 이혼하는 부부도 만만치 않단다. 그게 남자건 여자건 말이다. 잔소리는 그의 눈에 거슬리는 행동 탓이라기보다 그걸 못 참는 네 성격 탓이란다.)


## 지금 당장 헤어져도 될 만큼 최선을 다하렴

딸아. 무엇보다 네가 먼저 명심해야 할 것은 어떤 누구와도 결국 헤어진다는 것이다. 누굴 만나도 영원한 만남은 존재하지 않는다. 언젠가 둘 중 한 사람이 먼저 떠날 수 있다란 생각을 해야 만나는 순간에 최선을 다할 수 있지 않을까. 최선을 다하라는 것은 그 사람에게 올인하거나 헌신하라는 뜻이 아니다. 어떤 상황, 어느 경우의 헤어짐도 칼이나 가위로 자르듯 깨끗하게 마무리가 되지는 않지만 지금 당장 헤어져도 그다지 억울할 것도 미안한 것도 없는 상황을 만들라고 전문가들은 조언하더라.

앞에도 강조했듯 두 사람 모두 관계를 형성하고 성장시키기 위해 노력이 필요하다. 상황에 따라 차이가 있겠지만 상대방이 네게 투자한 만큼 그에게 투자해라. 한쪽만 항상 60~70퍼센트의 노력을 투자하고 있다면 그 관계는 그렇게 계속 지속될 가능성이 크다. 그러다 보면 항상 '왜 나만 이렇게 희생해야 하나' '이건 불공평해, 난 억울해'란 마음이 깊어지고 그게 이별의 원인이 된다. '곧 헤어질 테니까 딱 반만큼만 사랑하자'는 이야기가 아니다. 그에게도 네게도 각자의 자유를 보장하고 각각의 공간을 유지해서 충분히 만족하는 관계라면 어이없는 이별은 하지 않게 된다.


상처를 줄이는 이별의 태도가 중요하다

그리고 심사숙고해서 정말 헤어지겠다고 결심한 후에는 이별의 태도를 잘 선택하렴. 상대에게 상처를 주지 않아야 그도 네게 상처를 주지 않는다.

우선 '안녕'이란 말은 그와 대면해 얼굴을 보고 해야 한다. 절대 다시는 얼굴을 보고 싶지 않더라도 전화나 편지 같은 걸로 일방적인 통보를 해버리고 나면 상대는 자신의 잘잘못을 떠나 분노하게 된다. 차태현 주연의 영화 〈새드무비〉에서 그는 헤어지길 원하는 이들을 대신해 결별의 말을 전하는 '이별 대리인' 역할을 한다. 덕분에 따귀도 맞고 욕설도 들어준다. 하지만 그건 영화일 뿐이다. 직접 얼굴을 보고 이별을 말하는 것이 상대방만이 아니라 진실로 사랑했던 순간에 대한 최소한의 예의다.

또 왜 그만 만나고 싶고 헤어지고 싶은지 확실하게 밝혀야 한다. '당신의 이런저런 행동을 이해하려 했지만 더는 견디기 힘들다' '네가 약속을 너무 안 지키고 다른 여자들과 히히덕거리는 것을 용서하는 것에 한계가 왔다'라고 네 생각을 말해야 한다. 갑자기 연락을 두절하고 전화번호와 메일 주소를 바꾼다고 될 일이 아니다.

흔히 연예인 커플들은 '이제 연인 사이는 끝났지만 좋은 친구로 남기로 했다'란 말을 많이 한다. 그건 소속사가 발표한 공식 멘트일 뿐, 그 누가 '이제 친구로 지내자'라고 쿨하게 하는 말을 호쾌하게 받아들이겠니. 혹 '그래, 친구로 지내자'라며 동의를 해도 그건 절대 진심이 아니다. 그런 방법으로라도 너와의 관계를 유지하고 싶어서다.

실연의 상처를 잊으려고 술을 마시거나 온갖 모임에 참여하는 등 번잡한 생활을 하는 것도 바람직하지 않다. 그건 상처에 그저 밴드만 붙이거나 보기 싫다고 다른 프로그램으로 채널을 바꾼 정도에 불과하다.


이별이 서로를 위한 선물이 되기도 한다

어른이라고 말할 수 있는 사람은, 적절한 순간에 이별할 줄 아는 사람이다. 두 사람 다 헤어지기를 망설인다 해도 때론 가장 적합한 시기에 깔끔하게 이별을 하는 것이 서로를 위해서도 좋을 때가 있다. 공연기획자인 한 여성은 '이별'이 서로에게 선물이 된 것 같다고 했다.

"3년을 만나면서 정말 행복했지만 슬슬 서로에게 피로감을 느꼈어요. 동성 친구들과 있는 것이 더 재미있게 느껴지기도 하고 평소엔 전혀 거슬리지 않던 그의 태도가 찌질해 보이고 짜증스럽기도 하고…. 남자친구가 제게 유난히 의존적인데 그게 서로에게 도움이 되지 않는 것 같다는 판단이 들었어요.

그래서 제 마음을 솔직하게 털어놓고 그만 만나자고 했죠. 그게 우리 미래에 더 도움이 될 거라고요. 그 친구도 동의했고요. 덕분에 전 잠시의 혼돈기간을 극복한 후에 제 일에 몰두해서 캐리어를 확고히 했고, 그 친구도 방황을 좀 하더니 직장도 옮기고 새로 여자친구도 만났다더군요. 저는 덕분에 시의적절하고 단호한 결정의 중요성을 배웠죠. 아마 그때 못 헤어지고 만남을 지속했다면 서로 애물단지가 되었을 것 같아요."

또 때론 쓰라린 상처가 훌륭한 공부가 될 수도 있다.

"치과의사인 남친과 1년간 사귀었어요. 공부만 한 사람이어서인지 세상물정을 너무 몰라서 저와 같이 보는 영화, 제가 데려간 식당 등 사소한 일에도 감동을 하더군요. 저는 종일 그 사람을 기쁘게 해줄 일만 생각하고 그게 사랑이라고 믿었어요. 그런데 그 사람, 한 달 정도 잠수를 타더니 어느 날 그만 만나고 싶다고 해요. 이유는 묻지 말라면서요. '넌 정말 좋은 여자야. 근데 난 좋은 남자가 아닌 것 같아'란 말을 남기면서요. 전 어이없지만 시간이 지나면 그 사람이 제 진가를 알고 돌아오리라 믿었답니다.

그런데 곰곰 생각해보니 제가 사랑한 것은 그 남자가 아니라 그를 사랑하는 제 모습인 것 같고 어쩌면 치과의사란 타이틀에 너무 후한 점수를 준 게 아닌가란 판단이 들었어요. 저도 서서히 마음을 정리하고 있는데, 그 사람이 문자로 자기 결혼한다고, 어머니가 너무 강요해서 어쩔 수 없었다고 알려왔습니다. 뒤통수를 둔기로 맞은 듯 잠시 멍하긴 했지만 또 한 수 배웠죠. 사랑은 절대 일방적이어서는 안 된다는 것, 그리고 사랑보다는 야심이 더 중요한 사람도 있다는 것을요. 그래서 저는 그 후 남자를 만날 때 절대 고분고분 순종하거나 휘둘리지 않습니다. 누구와도 헤어질 수 있다는 것을 알고 매 순간 최선을 다해요. 그 사람이 아니라 제 삶에요."


내일은 또 다른 사랑이 찾아올 거야

딸아. 사람들은 각자 우주 유일의 존재이지만 그 사람이 네게 유일한 남자라는 법은 없다.

오히려 '내 인생에 진정한 사람은 이 남자뿐이야. 결혼해서 그와 완벽한 가정을 꾸려야지'란 시나리오를 짜놓으면 그 남자를 남편감으로만 보게 된다. 로맨틱한 성향, 유머감각, 낙천적 성격 등 수많은 장점은 묻히고 연봉과 직장 생활, 장래성, 그의 가족 등 남편으로서의 능력만 의심하느라 실망하고 평가절하하고 자주 다투게도 된단다.

점심 메뉴로 선택한 파스타가 느글거려 입맛에 맞지 않으면 저녁엔 개운한 낙지볶음이나 된장찌개를 선택하면 되듯 그 남자는 네가 선택할 유일한 메뉴가 아니다. 이별 후에 세상이 무너질 듯 암담하고, 자신에 대한 자책감이나 그에 대한 원망 등으로 몸과 마음이 전쟁터가 될수 있다. 평생 흘릴 눈물을 다 흘렸다는 사람, 평생 마실 술을 다 마셔버렸다는 이도 있고 극도로 불안한 상태에서 자해를 했다는 극단적인 사례도 있다. 그러나 대부분은 한 번 넘어졌어도 다시 일어선다. 더 씩씩해지고 더 강해진단다.

만약 새로운 사랑이 찾아오면 두려움과 의심병에서 벗어나야 한다. '이 남자도 날 버리는 것은 아닐까' '혹시 저번 남자친구처럼 겉은 온화하지만 속은 폭력적이지는 않을까' '나를 제대로 사랑해줄까'라고 걱정할 필요가 없다. 그 대신에 네 자신에게 물어봐라. '난 이 남자를 진짜 사랑하나' '이 사람과의 연애가 정말 행복한가' '이 만남을 통해 난 뭘 배울까' 등을 생각해봐야 한다.

가장 중요한 것은 네 자신이고 너의 행복이다. 무엇보다 네가 행복하지 않은 사랑을 할 이유가 뭐가 있니. 고생과 고통을 체험하려면 오지에서 난민들을 위해 자원봉사를 할 수도 있고 각종 아르바이트로 돈을 벌 수도 있는데 말이다. 그리고 누군가와 헤어지는 것이 실패는 아니다. 설령 실수나 실패라 하더라도 우린 교훈을 얻고 마음과 정신이 한 뼘 더 자란다. 실연의 상처가 예술 작품으로 탄생되기도 하고, 심리학 교과서 역할도 한다.

우리 인생의 묘미는 내일을 알 수 없다는 것이다. 너의 내일, 어제의 그 남자보다 분명히 더욱 근사하고 더더욱 너를 사랑해주고 네가 사랑할 가치가 있는 남자가 나타날 게다. 내일의 남자를 위해 너를 더 아름답고 더욱 근사하게 가꾸길 바란다. 그 사람에게 잘 보이기 위해서가 아니라 네가 더 성숙한 새로운 사랑을 할 수 있도록 말이다.

사랑보다 네 자신을 믿어라.
너를 믿는 것이 두려움을 사라지게 하는 가장 큰 힘이란다.
그리고 그것이 너의 모든 상처를 치유하는 명약이기도 하다.

국립중앙도서관 출판시도서목록(CIP)

내일도 사랑을 할 딸에게 / 지은이: 유인경. ─ 고양 :
위즈덤하우스, 2015
p. ;   cm

ISBN 979-11-85688-03-9 03810 : ₩12800

사랑[愛]
인생훈[人生訓]

199.1-KDC6
179.7-DDC23                    CIP2015028799

내일도 사랑을 할 딸에게

초판 1쇄 발행  2015년 10월 29일
초판 6쇄 발행  2018년 1월 31일

지은이 유인경
펴낸이 연준혁

출판 2본부 이사 이진영
출판 6분사 분사장 정낙정
책임편집 박지수
디자인 김준영

펴낸곳 (주)위즈덤하우스 미디어그룹  출판등록 2000년 5월 23일 제13-1071호
주소 경기도 고양시 일산동구 정발산로 43-20 센트럴프라자 6층
전화 031)936-4000 팩스 031)903-3891
홈페이지 www.wisdomhouse.co.kr

값 12,800원 ⓒ유인경 ISBN 979-11-85688-03-9 03810